Alain Beaulieu

Le Refuge

Liana Levi

ISBN : 979-10-349-0928-5

www.lianalevi.fr

À C. B.
avec le souvenir ému de notre refuge

> Qu'est-ce que la chute ? Si c'est l'unité devenue dualité, c'est Dieu qui a chuté. En d'autres termes, la création ne serait-elle pas la chute de Dieu ?
>
> Charles Baudelaire

Je suis né Antoine Béraud dans une maison du quartier Saint-Roch à Québec qu'on a démolie deux ans plus tard pour y faire passer une autoroute. Issus d'un milieu ouvrier, mes parents ont connu leur lot de misère avant qu'un emploi dans la fonction publique n'offre à mon père l'occasion de se glisser lentement sous les jupes de la classe moyenne. Après l'entrée de ma sœur cadette à l'école primaire de notre quartier, ma mère a mis à contribution ses compétences en relations interpersonnelles pour se dénicher un emploi de secrétaire à l'université. Tout ça pour dire que je n'ai jamais manqué de rien, passant même mes étés d'adolescence à la campagne dans un chalet rudimentaire mais chaleureux situé dans le haut d'une avenue donnant directement sur un lac.

Soyez sans crainte, je ne vous imposerai pas la chronologie complète de ma petite histoire personnelle, réservant cela à l'autobiographie que je n'écrirai sans doute jamais. Un mot simplement pour vous dire que la vie s'est montrée clémente à mon égard en mettant sur mon chemin des amis agréables à côtoyer et une femme exceptionnelle avec laquelle j'aurai deux enfants magnifiques.

Demain, je célébrerai – enfin, le mot est un peu fort – mon soixante-septième anniversaire de naissance, et je crains de ne pouvoir me rendre au soixante-huitième si les choses ne se replacent pas rapidement.

Cette entrée en matière me semble convenue, voire réductrice, car mon mari aurait bien des choses à dire sur sa jeunesse en dehors de ces lieux communs. Mais comme je ne suis pas que « la femme de », je parlerai pour moi et lui laisserai le monopole de ses révélations personnelles, m'octroyant cependant le droit de rectifier au besoin ce qui, dans sa version de ce qui nous est arrivé, me semble fautif.

Je suis pour ma part née Marie Broussilovski sur l'île d'Orléans, déposée au centre du Saint-Laurent comme une pierre précieuse sur un bijou royal. Natif d'un district industriel de Saint-Pétersbourg, mon grand-père Igor a émigré d'abord en France puis en Amérique au milieu des années 20 – pour des raisons et dans des circonstances trop complexes pour que j'en fasse mention dans ces pages. Catholique de confession, il s'est installé sur l'île peu de temps après son arrivée à Québec, y a travaillé comme ouvrier agricole l'été et chauffeur de carriole l'hiver, transportant d'un village à l'autre denrées et passagers. Bel homme, il y a marié sur le tard une native de l'île, qui lui a donné trois enfants, deux filles et un garçon.

Parti de rien, Igor a fait fortune, si je puis dire, en achetant à crédit un camion pour le transport de marchandises, puis un deuxième, conduit à salaire par son voisin, puis un autre, et encore un autre jusqu'à constituer une flotte d'une douzaine de véhicules qui, après l'inauguration du pont en 1935, faisaient la navette entre l'île et la côte, jusqu'à Montréal, et parfois bien au-delà de la frontière américaine.

Léonie Beaudet, une fille descendue de sa Gaspésie natale pour rejoindre sa sœur, croyait faire une bonne affaire en épousant Alexandre Broussilovski, fils unique du propriétaire de Broussilovski Transport. De fait, mon père aurait pu hériter de la compagnie s'il ne s'était pas brouillé avec le patriarche, qui a tout liquidé de son vivant pour mourir sans le sou dans une bicoque mal isolée des coteaux de Saint-Laurent.

Comme il n'avait pour toute compétence que la conduite d'un camion, mon père est devenu routier et a passé sa vie sur le bitume de l'Amérique sans s'ennuyer de sa Léonie qui, parce qu'elle avait tiré un mauvais numéro, offrait à ses enfants le triste spectacle de son abattement perpétuel. Ai-je besoin de préciser ici que j'ai passé l'essentiel de ma jeunesse sur les battures de pierre rouge de l'île et dans les champs de pâturage du voisin plutôt que dans notre maison devenue l'antichambre des déceptions de ma mère ?

Prenant exemple sur Antoine, je ne m'étendrai pas plus longtemps sur le sujet, sinon pour dire que j'ai appris très jeune à ne compter que sur moi-même. Un brin farouche, j'ai mis du temps à concevoir qu'on puisse s'intéresser à moi et à ce qui m'arrive dans la vie. Et encore aujourd'hui, je n'accepte pas que quelqu'un prétende parler en mon nom. Voilà pourquoi je me permets de commenter ici le manuscrit de mon mari, qui a toute ma confiance, mais qui voit le monde à travers le regard d'un garçon que la vie n'a pas trop malmené, alors que j'ai de l'existence une vision sans doute moins romantique.

Le temps révèle tout et n'attend pas d'être interrogé.

Euripide

Permettez-moi de remonter le temps jusqu'au jour où nous avons décidé, ma femme et moi, de vendre notre maison de la rue Saint-Vallier pour venir nous installer ici, en forêt, à une heure de la ville, dans un refuge de trente-cinq mètres carrés sans eau courante ni électricité.

Une rivière à peine plus large qu'un ruisseau borde le terrain de sapinage sur toute sa longueur et nous permet d'atteindre le lac en kayak sans difficulté. Le chant et la fraîcheur du cours d'eau attirent une faune bigarrée, suisses, écureuils, lièvres, moufettes, ratons et cerfs. Nous avons même aperçu une ourse et ses deux petits l'an dernier, demeurant sur nos gardes pendant qu'ils traversaient la rivière sans se presser.

La trame sonore de nos journées est assurée par une myriade d'oiseaux, de passage ou installés à demeure, bernaches de haut vol, juncos ardoisés, sittelles excitées, mésanges curieuses, geais tapageurs, bruants nerveux et chouettes discrètes. Plus colorés, les chardonnerets et les cardinaux se font plus rares.

Ma femme avait quitté son emploi d'éducatrice un an plus tôt, et je m'étais affranchi de mon université à la fin de l'été. Or, nous avions l'impression d'avoir côtoyé les humains de manière assez assidue pour pouvoir nous passer d'eux pendant quelques années. Nos rentes respectives allaient nous permettre de combler nos maigres besoins, avec en prime un voyage ici et là pour éprouver le plaisir de la découverte, mais aussi celui de rentrer à la maison après l'errance.

Nous avons emménagé en octobre, parés pour affronter l'hiver, dix cordes de bois alignées près de la porte, chaufferette portative pour la toilette extérieure, panneau solaire pour l'éclairage, cuisinière et réfrigérateur au propane, pompe à bras pour tirer l'eau de la rivière et carabine à deux coups de calibre .410 pour la chasse au petit gibier.

Nous nous donnions un an avant de faire le point et décider si nous allions continuer un an de plus. C'était il y a quatre ans, et n'eût été les événements dont je vous livrerai ici le récit, nous serions toujours là.

Je ne le vous cacherai pas, si je vous raconte tout ça, c'est en fait pour me guérir du traumatisme que m'a causé ce qui s'est passé au Refuge il y a exactement deux ans, trois mois et vingt-deux jours. Je me dis qu'en mettant des mots sur ce qui s'est produit ce jour-là, il est possible que je réussisse à défaire le nœud qui depuis me tord l'estomac.

Ma femme n'approuve pas mon initiative. Elle préférerait que nous gardions tout cela pour nous. Et il est vrai que d'en garder une trace écrite risque de nous mettre à mal, hypothéquant les quelques années de vie qui nous seront encore allouées. Mais je n'arrive plus à maintenir le couvercle sur la marmite, et ça déborde de partout.

Aussi ai-je décidé de poser des mots les uns derrière les autres pour limiter les dégâts. Un souhait, un rêve. Une nécessité.

Il est vrai que je désapprouve. Nous avons passé près de quarante ans de notre vie ensemble, et ces révélations risquent de nous séparer à jamais. Comment pourrais-je accepter que notre histoire se termine ainsi ?

Cela dit, je vois bien que nous devons faire quelque chose pour libérer notre conscience de ce que ces événements y ont déposé.

Quand nous avons pris la décision de nous installer au Refuge, c'était sans pression aucune, prêts à admettre que nous nous étions trompés si ça ne convenait pas. Mais contre toute attente – du moins pour ce qui me concerne –, nous sommes entrés tous les deux dans une forme de bien-être que la rusticité de nos conditions de vie n'a jamais altéré. J'aime croire que ce dépouillement volontaire a même contribué à notre épanouissement, nous offrant l'occasion de nous recentrer sur ce qui compte vraiment – le rapport direct à la nature, qui incite au recueillement et à la réflexion ; le besoin continuel de s'entraider, même pour les tâches les plus simples ; le plaisir d'être présents l'un pour l'autre, toujours disponibles. Libérés des artifices technologiques, sans devenir complètement déconnectés, nous goûtions les joies de la lenteur par la lecture, l'écoute de la radio et la sieste de l'après-midi.

Or, rien de tout cela ne peut perdurer quand le soleil demeure occulté par une masse nuageuse qu'aucune brise ne vient dissiper. L'idylle tourne au cauchemar, et je vois bien que si nous ne faisons rien pour nous en sortir, notre couple est condamné à se déliter dans la rancœur et le désœuvrement.

> On peut remarquer que les gens qui n'ont pour eux que l'expérience paraissent réussir mieux que ceux qui, sans les données de l'expérience, n'interrogent que la raison.
>
> Aristote

Vous excuserez le ton, et la volatilité de ma pensée. J'ai un peu perdu la main, et mon cerveau s'égare souvent dans des digressions que je n'arrive à réfréner que lorsqu'on me rappelle à l'ordre. Or, seul devant la feuille de papier sur laquelle je m'échine à écrire à la main, je perds mes moyens et laisse libre cours à ce que mon esprit choisit d'exprimer.

Il me propose actuellement l'image des milliers d'étoiles que nous offrent les nuits sombres de notre forêt perdue. Il nous arrive souvent, ma femme et moi, de nous étendre sur le dos à même la pelouse – ou la neige en hiver – pour admirer le triste spectacle de notre insignifiance, petits êtres que nous sommes dans l'immensité du cosmos. Après une demi-heure de cette méditation, je me lève avec des courbatures, mais surtout la certitude que tout cela nous échappe et nous échappera encore longtemps malgré les avancées de la science et de la philosophie. J'ai depuis plusieurs années cessé de chercher une raison à tout ça, ce qui est et ce qui n'est pas, l'apparition des causes premières, le grand dessein, d'où on vient et où on va, dans quel but et pour répondre à quelle nécessité. Devant l'infini du temps et de l'espace, par-derrière comme par-devant, que vaut la vie d'un homme ? Rien. Un point infinitésimal, invisible même au télescope de n'importe quel observateur extrasolaire. Un pou, qui l'espace d'un cillement naît puis disparaît, et qui n'a de valeur que comme maillon d'une chaîne elle-même anecdotique.

Je ne sais pas pourquoi je vous parle de ça maintenant, alors que tout me ramène à cette soirée de juin où tout a basculé. Comme si je n'arrivais pas à aborder le sujet de front, en déroulant simplement le fil des événements qui me conduisent aujourd'hui à tout mettre en jeu, ma vie, celle de ma femme et celles de mes enfants.

Il me manque la méthode, que je maîtrisais pourtant plutôt bien pendant toutes ces années passées à enseigner la création littéraire à des étudiants parfois égarés, le plus souvent intéressés par ce qui les dépassait, en particulier les mystères de l'existence humaine que seule la littérature permet parfois d'élucider.

Je leur présentais Kundera, que je faisais dialoguer avec Jacques Poulin et Virginia Woolf. *Le roman n'examine pas la réalité mais l'existence. Et l'existence n'est pas ce qui s'est passé, l'existence est le champ des possibilités humaines, tout ce que l'homme peut devenir, tout ce dont il est capable.* (Kundera) *C'est vrai que les livres nous protègent, mais leur protection ne dure pas éternellement. C'est un peu comme les rêves. Un jour ou l'autre, la vie nous rattrape.* (Poulin) *Ne gâtons-nous pas les choses en les exprimant ?* (Woolf)

Je m'ennuie parfois de ces échanges avec mes étudiants, garde un souvenir ému de certains d'entre eux, devenus des auteurs accomplis. L'université est un cocon nécessaire à l'épanouissement de la pensée, pourvu qu'en découlent des actions concrètes.

Juin, oui…

Une armée de moustiques avait pris le contrôle du territoire, maringouins sanguinaires et brûlots hypocrites. Aussi nous étions-nous réfugiés à l'intérieur avant la tombée de la nuit, alignant sur la table les piécettes du Scrabble pour une partie rapide.

J'avais réussi à placer le mot *fuchsia* sans forcer. Cela m'avait permis de prendre une belle avance sur ma femme, qui ne cessait de faire danser ses carrés de bois sur sa planchette.

J'avais fendu des bûches toute la journée et n'arrivais pratiquement plus à bouger les bras. Aussi, après la partie, me suis-je étendu sur le canapé en écoutant le Concerto nº 2 de Rachmaninov diffusé en direct à la deuxième chaîne de Radio-Canada. La pianiste Anna Federova était accompagnée par l'Orchestre symphonique de Bucarest, et c'était d'une beauté sans nom. Jusqu'à ce que je reconnaisse dans le deuxième mouvement la ligne mélodique d'*All By Myself*, le tube des années 70, ce qui m'a à la fois amusé et déconcerté. Car cette pensée m'avait éjecté du moment présent de l'écoute, quand plus rien n'existe en dehors de la musique et de la béatitude qu'elle fait naître. Il m'a fallu fermer les yeux pour que les notes vaporeuses de Rachmaninov prennent de nouveau possession de mon esprit, pendant que ma femme, assise tout près, avait ouvert un roman de Ying Chen que je n'avais pas réussi à terminer.

Dans la journée, Martin était passé nous voir, comme cela lui arrivait souvent. Professeur de français à l'école secondaire du village voisin, il s'était précipité sur moi le jour où nous nous étions croisés à l'épicerie, peu de temps après notre installation. Je n'avais pas oublié cet étudiant doué dont j'avais lu avec satisfaction les trois romans qu'il avait publiés à la suite de ses études de maîtrise sous ma direction.

Marié depuis quelques années à la jeune notaire du village, il avait deux enfants en bas âge et habitait une maison sans couleur pareille à toutes celles qu'on avait alignées dans le plus récent ensemble résidentiel de la région.

Il avait conservé ses airs juvéniles avec ses Converse aux pieds, son jean savamment déchiré et ses t-shirts des derniers rappeurs à la mode, ce qui le rendait populaire auprès de ses élèves, filles ou garçons.

Une fois la semaine, il s'arrêtait au Refuge pour une heure ou deux, une grappe de canettes de bière ou une bouteille de vin blanc sous le bras, et nous discutions tous les trois de choses et d'autres, parfois anodines, souvent plus sérieuses.

Je crois qu'il avait trouvé chez nous les parents qu'il n'avait pas eus, ballotté dans sa jeunesse d'une famille d'accueil à une autre, toujours de trop. À l'adolescence, il s'était réfugié dans la lecture, la littérature lui offrant l'ouverture qu'il lui fallait pour donner un sens à son existence. Alors que tout le destinait à quitter l'école le plus rapidement possible, il s'était accroché, avait terminé son secondaire avec des résultats moyens qui lui avaient tout de même permis de s'inscrire au cégep, puis à l'université. Une histoire de résilience qui m'a toujours ému.

Aussi l'accueillions-nous avec bienveillance, ma femme lui réservant, quand il s'annonçait, une part du gâteau aux noix et à l'érable dont il raffolait.

Ce jour-là, il nous était apparu fébrile, presque désorienté, comme s'il avait consommé de la cochonnerie qui se vend un peu partout et dont je ne saurais dire le nom. Il parlait vite, oubliait parfois ses mots, passait d'un sujet à l'autre sans liaison. Inquiet, je lui ai demandé si ça allait. Il a rougi.

– Bien sûr que ça va, a-t-il sifflé en massant sa jambe gauche, qu'il s'était amochée l'année précédente en heurtant un arbre au centre de ski.

Triple fracture. Il boitait encore un peu – c'est ma femme qui me l'avait fait remarquer quelques jours auparavant.

En sortant, il m'a serré la main et m'a remercié sans que je ne comprenne pourquoi. Puis il a baissé les yeux et s'est engagé dans l'allée pour rejoindre la route où il avait laissé sa voiture.

Il est rentré chez lui pour le repas du soir, a aidé les enfants à faire leurs devoirs, a regardé la télé, puis s'est endormi près de sa femme. Je le sais parce que c'est ce qu'il fait tous les soirs, et y trouve un bonheur simple qui lui permet d'oublier ses douleurs à la jambe.

> Je parlerai de Martin un peu plus loin, car j'aimerais d'abord revenir sur la carrière de professeur d'université de mon mari.
>
> Je n'ai jamais douté de ses compétences, et les étudiants lui ont souvent exprimé leur reconnaissance pour ses enseignements, mais aussi pour le côté affable de sa personnalité. Or, son engagement comme professeur, alors que rien ne le destinait à cette profession – Antoine est sans doute le seul professeur d'université à n'avoir jamais suivi un cours dans la discipline qu'il a enseignée, ayant été choisi sur la base des livres qu'il avait écrits et des charges de cours qu'il avait assumées de manière

épisodique –, était venu rompre l'équilibre des forces économiques sur lesquelles nous avions bâti notre couple.

Ce qui pour certains peut paraître un détail était déterminant pour moi, car ce déséquilibre nous forçait à redéfinir nos apports respectifs dans l'élaboration de notre patrimoine/matrimoine commun. Et comme j'avais gagné à la dure mon autonomie, je n'acceptais pas que nos rapports, dans leur volet économique, me placent dans une position d'infériorité – même si ces rapports ne s'inscrivaient pas dans un contexte de domination.

Cela n'était pas sans créer quelques frictions, que notre installation au Refuge avait apaisées. Car sous le ciel étoilé dont parle ici mon mari, l'argent ne servait plus que pour les biens essentiels, le surplus s'accumulant dans un compte bancaire en prévision des jours plus sombres où nous aurions à nous réinstaller en ville.

Martin est un garçon charmant, que j'ai appris à connaître au fil de nos rencontres. Le portrait qu'en dresse Antoine est assez juste, mais l'ancien étudiant de mon mari me semble plus chagrin que ce qu'en laisse croire Antoine. Comme si son enfance difficile avait investi son regard sans jamais le quitter. Avant même qu'il nous livre les pans les plus noirs de sa biographie, j'avais deviné que ce garçon avait vécu de grands tourments. À la lourdeur de ses paupières, oui, mais aussi à sa manière de sourire tristement même quand il est joyeux, jusque dans sa démarche un brin chaloupée. Le corps porte en lui nos histoires de vie et nous révèle aux autres bien davantage que nous ne serions portés à le penser.

Nous allions apprendre un peu plus tard que Martin, pour soulager ses douleurs à la jambe, s'était fait prescrire des opioïdes dont il n'arrivait plus à se débarrasser. C'était avant que les médias ne se mettent à nous parler de ce fléau, et que les médecins ne cessent d'écouter les sérénades des pharmaceutiques qui les produisent.

J'aimerais préciser qu'il est vrai que nous nous sommes attachés à Martin, Antoine et moi, mais je ne me suis jamais sentie investie de quelque rôle maternel à son égard. J'éprouve pour ce garçon une affection bienveillante qui n'a rien à voir avec l'amour que je porte à mes enfants.

> Il y a un mécanisme d'autodéfense
> au fond de chaque être humain,
> qui le pousse à refuser de se laisser
> détruire par l'inévitable.
>
> Michelle Guérin

En juin, entre les montagnes où nous avions établi nos quartiers, le soleil se couchait bien avant que la nuit ne tombe réellement. Ce soir-là, il était vingt et une heures passées quand les étoiles sont enfin apparues dans le ciel libéré des nuages de l'après-midi. Emmitouflés dans des couvertures pour nous protéger des moustiques, nous nous sommes étendus sur nos chaises longues, ma femme et moi, pour admirer le spectacle de la nuit sans lune avant d'aller au lit. Elle connaissait le nom d'une trentaine de constellations, qu'elle me désignait du doigt avec fierté, et je ne faisais aucun effort pour les mémoriser pour le simple plaisir qu'elle m'instruise de nouveau la prochaine fois que nous allions nous retrouver ainsi, seuls tous les deux au centre de notre univers.

D'une bonté – et d'une beauté – que les années n'ont jamais altérée, ma femme a pris soin des petits toute sa vie, les nôtres bien entendu, mais aussi ceux de notre quartier, au temps où nous habitions la partie la plus pauvre de la ville parce que c'est là que nous nous sentions bien. Aujourd'hui, elle occupe son temps à lire les jours de pluie, puis à aménager le terrain aussitôt qu'elle le peut. Entre septembre et mai, deux matinées par semaine, elle s'active comme bénévole à la ressourcerie du village, qui offre pratiquement gratuitement vêtements et petits objets aux moins fortunés de la région.

Née et ayant grandi sur une île, elle ne s'est jamais complètement délestée de sa sauvagerie congénitale. Aussi se sent-elle à l'aise dans ce refuge isolé. Et lorsque la nuit tombe, elle redevient la jeune fille qu'elle était sur les berges de pierre rouge de son atoll, libre et souveraine devant le fleuve aux grandes eaux.

Après avoir laissé la nuit nous engloutir pendant près d'une heure, nous sommes rentrés dans la maison, avons passé nos pyjamas et nous nous sommes mis au lit. Nous avons discuté encore un peu, je ne saurais dire à quel sujet, sans doute était-ce en lien avec ce que nous avions vécu dans la journée ou entendu à la radio, puis nous nous sommes embrassés avant de nous livrer aux rêves dont le sommeil allait nous gratifier.

Il n'était pas rare, à cette époque, que je me réveille en sursaut, secoué par je ne sais quel cauchemar. J'apprendrai plus tard que je suis en fait le disciple involontaire d'une déesse exigeante qui se manifeste la nuit de manière insistante. On l'appelle Apnée, et pour tout vous dire, je me passerais bien d'elle.

Aussi, au milieu de la nuit, alors qu'Apnée venait de me visiter pour se rappeler à mon bon souvenir, j'ai aperçu une ombre glisser sur le rideau du salon. J'ai refermé les yeux, les ai ouverts de nouveau, l'ombre n'a pas réapparu, et j'allais me rendormir lorsque j'ai entendu quelqu'un monter sur la galerie. Je me suis redressé et j'ai secoué l'épaule de ma femme, qui a tourné sur elle-même sans ouvrir les yeux. Les pas se sont approchés de la porte, sur laquelle on a frappé trois petits coups secs.

– Monsieur, madame, il faut sortir ! Y a le feu dans le bois, pas très loin !

Ma montre indiquait deux heures trente-cinq. Ma femme a finalement ouvert un œil.

– Qu'est-ce que c'est ?

– Je sais pas. Y a un homme sur la galerie. Il est venu nous prévenir qu'un incendie fait rage quelque part.

Elle s'est redressée à son tour, s'est levée, a allumé le plafonnier et a passé sa veste à carreaux.

– Qu'est-ce que tu fais ? ai-je demandé.

– Bien, je vais ouvrir.

Évidemment, j'aurais dû deviner qu'il n'y avait d'incendie nulle part puisqu'il avait plu toute la semaine. C'est toujours comme ça quand ces choses-là arrivent. On se dit qu'il aurait fallu agir autrement, voir venir le danger avant qu'il ne nous tombe dessus, prévoir le coup, surtout ne pas ouvrir. Mais ma femme s'est approchée de la porte et dès qu'elle a tourné le loquet, ils sont entrés en la bousculant. Deux hommes portant cagoules et vestes sombres, leurs mains gantées de cuir noir enserrant des bâtons de base-ball.

Le plus petit a levé son bâton vers mon visage en m'ordonnant de ne pas bouger. Il devait faire un mètre soixante tout au plus, large d'épaules, la voix grave. Le plus grand a empoigné ma femme par le bras et l'a forcée à s'asseoir sur une chaise du coin cuisine. Puis il a soulevé sa tête en appuyant le bout arrondi de son bâton sous son menton.

– T'as une belle gueule pour une vieille, on voudrait pas te l'abîmer, a-t-il menacé en tournant la tête vers moi.

Je leur ai demandé ce qu'ils voulaient. Le petit a ri sous sa cagoule.

– Comment vous faites pour vivre ici, dans une bicoque pareille, à votre âge ?

Je ne savais pas si je devais répondre à sa question. J'ai baissé les yeux et j'ai dit « c'est chez nous », sans parvenir à ajouter un mot de plus.

Il a regardé ce qui se trouvait autour de lui et a pulvérisé d'un coup de bâton les deux verres laissés sur la table, dont les morceaux se sont dispersés sur les murs et sur le plancher. Dans un réflexe, ma femme a voulu se protéger les yeux, accrochant au passage le bâton sous son menton qui lui fit se mordre la langue. Lorsque j'ai vu le sang couler de sa bouche, je me suis énervé.

– Laissez-nous tranquilles, on n'a rien ici, que des vieilleries sans valeur.

– Ta gueule ! a sifflé le petit. Tu nous prends pour des idiots ? Tu crois qu'on est là par hasard ? Ou pour sauter ta bonne femme ?

– Ah ça, moi, je dirais pas non, a lancé le plus grand avant de s'esclaffer.

Mon cœur battait à cent quatre-vingts au moins, et mon cerveau élaborait trois scénarios de fuite à la seconde. Mais mon corps demeurait figé comme un monolithe. Impuissant devant la menace, je désespérais de moi-même.

– On nous a dit que vous gardiez en réserve un petit magot en cas de coup dur, a ajouté le petit.

– On vous a mal renseignés, est intervenue ma femme en essuyant le sang sur sa lèvre inférieure. Y a deux cents dollars dans la boîte de métal, là, dans l'armoire du haut. Le reste est à la banque.

Le grand a reculé d'un pas, a ouvert l'armoire et a pris la boîte de métal aux motifs de roses blanches et rouges. Il l'a ouverte et a montré les billets à son comparse.

– Où est le reste ? a grogné celui-ci.

– Je vous l'ai dit… a repris ma femme, interrompue par un coup de bâton à la tête qui l'a assommée net.

Elle est tombée de sa chaise et s'est affalée sur le plancher en perdant connaissance. J'ai voulu me précipiter vers elle, mais le petit m'a bloqué le chemin.

– Donne-nous l'argent et on fout le camp.

Il y avait dans son regard autant de haine que de détermination, et je savais que nous ne nous en sortirions pas vivants si je ne tentais pas quelque chose. Aussi lui ai-je tendu les clés de ma voiture.

– Au fond du coffre arrière, dans un sac de plastique vert, il y a deux mille dollars. C'est tout ce qu'on a, alors prenez-le et disparaissez. J'appellerai pas les flics, ça restera entre nous.

Ils se sont regardés, le petit a lancé les clés au plus grand, qui est sorti pour aller chercher l'argent. J'ai demandé à pouvoir m'approcher de ma femme, dont j'entendais maintenant les gémissements. Il a hoché la tête en guise de permission. Je me suis penché sur elle, lui ai soulevé la tête et j'ai vu rouge en apercevant le sang dans son cuir chevelu. Le grand est revenu avec le sac de plastique, le petit a appuyé son bâton dans mes côtes, il nous a souhaité bonne nuit et ils sont partis. J'ai déposé la tête de ma femme sur le plancher, j'ai embrassé sa joue humide et je lui ai dit de ne pas bouger, que j'allais revenir dans un instant. Puis j'ai empoigné ma .410 appuyée contre le mur derrière nos manteaux et je me suis précipité dehors. Lorsque je les ai vus courir dans l'allée vers la route où ils avaient sans doute garé leur voiture, j'ai épaulé mon arme et j'ai tiré un coup dans leur direction. Dans la noirceur de la nuit, j'ai entendu un corps tomber. L'autre s'est arrêté – était-ce le grand ou le petit, je ne le savais pas – et il a juré deux ou trois fois avec dans la voix un mélange de surprise et de consternation. S'il fonçait vers moi, j'étais prêt à appuyer de nouveau sur la gâchette dès que je l'apercevrais, mais il s'est enfui, le bruit de ses pas se perdant dans la nuit opaque.

Je suis rentré à la course pour trouver ma femme bien assise à la table, tenant une serviette humide sur sa tête endolorie.

– Ils sont partis ? a-t-elle demandé avec dans le regard un reste de panique.

J'ai hésité un moment.

– J'ai tiré dans les airs et ils se sont sauvés, ai-je finalement répondu en essayant de mettre de l'ordre dans mes idées.

Mon corps tremblait de toutes ses parties, internes comme externes, et j'ai dû m'asseoir pour ne pas m'effondrer. Ma femme a pris ma main, craignant que je ne me tape un infarctus.

– Ça va aller, on a eu plus de peur que de mal. C'est qu'une égratignure, regarde.

Elle m'a montré sa tête, qui ne saignait pratiquement plus en effet.

– Maintenant qu'ils savent qu'on est armés, ils reviendront plus.

Tétanisé, je suis demeuré aphone un long moment. Ma femme a nettoyé sa blessure et m'a demandé de regarder si elle avait besoin d'un pansement. La blessure n'était pas profonde, ça irait.

– Tu appelles? a-t-elle finalement proposé.

– Appeler qui?

Elle m'a jeté son regard de sorcière.

– La police, Antoine. On va pas les laisser s'en tirer comme ça. Ils m'ont frappée, je te signale. C'est pas juste un petit vol à la tire.

– La police, bien sûr, ai-je répondu machinalement sans me lever de ma chaise.

– Vas-y, le téléphone est dans mon sac.

Je me suis levé et j'ai marché vers le sac de ma femme où se trouvait effectivement le téléphone portable dont nous ne nous servions pratiquement jamais. Quand elle s'est aperçue que j'hésitais encore à composer le 911, elle a posé les mains sur le petit comptoir de la cuisine et elle a froncé les sourcils.

– Je leur ai promis que j'appellerais pas la police, ai-je dit en faisant passer l'appareil d'une main à l'autre.

– Mais, Antoine, la police est là pour nous protéger, et puis t'as dit ça sans y penser. Ces types sont dangereux. Si on les arrête pas, ils vont faire d'autres victimes, peut-être revenir ici dans un mois ou dans un an. Allez, donne-moi ce téléphone, s'est-elle impatientée en tendant la main.

C'est à ce moment que j'ai craqué et que je me suis mis à pleurer. Tout s'était déroulé si vite. Quinze minutes plus tôt, nous dormions encore sagement tous les deux, bien à l'aise dans nos vies tranquilles, sans rien demander à personne, et sans que personne ne nous demande rien. Les enfants, installés à Montréal, nous rendaient visite tous les deux mois, Martin nous donnait des nouvelles du village, et pour le reste, nous nous satisfaisions de ce que notre refuge nous offrait, le silence, les oiseaux, les saisons jamais pareilles, la rivière et le lac, les odeurs de la forêt, du bois fraîchement fendu, du feu dans le foyer.

Nous n'étions pas gourmands, nous contentions de peu et n'abusions de rien, sinon du bon vin quand arrivaient les beaux jours de l'été.

Ma femme m'a serré contre elle, a caressé mon dos, a bu mes larmes sur mes joues.

– Il faut faire vite si on veut que la police ait une chance de les attraper.

J'ai reniflé un bon coup et je me suis dégagé de son étreinte.

– Je pense que je l'ai atteint, ai-je dit en baissant les yeux.

– Qui ça ?

– Je sais pas, j'ai tiré et…

Les mots se sont emmêlés dans ma gorge.

– Et… a soufflé ma femme en fronçant les sourcils.

– …

– Ah non… a-t-elle murmuré. Non…

Je me suis remis à pleurer alors que la colère montait en elle.

– C'est pas vrai… Je t'avais dit aussi, pas d'arme dans la maison. Pas d'arme dans la maison ! a-t-elle répété dans un cri.

Elle s'est mise à tourner sur elle-même, puis elle a empoigné le téléphone.

– Qu'est-ce que tu fais ?

– J'appelle la police, qu'est-ce que tu crois ?

– Attends, attends, j'ai peut-être tué un homme et tu vas appeler la police ?

– C'est de la légitime défense, Antoine. On va leur expliquer.

– Je lui ai tiré dans le dos pendant qu'il s'enfuyait ! Tu crois que ça passera pour de la légitime défense, vraiment ?

Elle a appuyé sur le 9.

– Allons au moins voir si j'ai pas rêvé, je sais pas, je me suis peut-être imaginé tout ça.

– J'ai entendu le coup de fusil, Antoine.

– Ça oui, mais il est peut-être juste un peu blessé. Si ça se trouve, son ami est venu le chercher et il a déjà disparu.

Ma femme a enfoncé la touche 1.

– Arrête, merde ! ai-je crié. Tu veux m'envoyer en prison pour le reste de ma vie ?

Elle allait faire le 1 quand elle a plutôt fermé les yeux pour réfléchir.

Je n'ai jamais cru à l'astrologie et à toutes ces conneries, mais je me suis découvert une passion pour le ciel et ses constellations dès l'adolescence à la faveur des nombreuses soirées passées sur la grève de mon village à les contempler. Pendant que mes copines rêvaient du prince charmant – épousant la plupart du temps les traits d'un gosse de riches venu passer l'été dans la résidence de villégiature de ses parents –, j'entretenais ma solitude en éclairant à la lampe de poche la carte du ciel que m'avait offerte sœur Héloïse, jeune enseignante dont j'étais secrètement – et bien pudiquement – tombée amoureuse en quatrième année. Andromède, le Serpent et le Taureau, le Bélier, la Vierge, le Capricorne, le Scorpion, le Centaure, le Petit Cheval, la Chevelure de Bérénice, Orion (ma préférée), les Chiens de chasse, Pégase, le Cygne et le Dauphin, la Licorne, la Flèche, la Girafe, les deux Ourses… Ces noms me faisaient rêver, même pour celles que je n'avais jamais vues.

Lorsqu'Antoine parle de ma « sauvagerie congénitale », enfermé dans la conception lyrique de la vie qui le caractérise, il ne mesure pas la part de tristesse que sous-entend l'expression. Car même s'il est vrai que cette solitude constitutive nous procure une part d'autonomie et de bien-être contemplatif, on sait au fond de soi qu'il nous manque quelque chose qui ne vient qu'avec l'affection qu'on nous porte – et que nous portons aux autres.

Peut-être cette mélancolie me vient-elle de la lignée russe de ma généalogie, dont je ne croyais avoir conservé que le patronyme. Mon grand-père Igor parlait français avec un accent parisien. Il avait appris la langue tout petit, et je ne l'ai jamais entendu prononcer un seul mot de russe. Mais avec le recul, je me rends compte qu'il m'a légué, plutôt que sa langue maternelle, la détermination résignée qu'on lui trouvait au fond du regard, sorte de superbe involontaire propre à ceux qui ne peuvent compter que sur eux-mêmes. Cette détermination vient avec une forme de courage qui s'apparente parfois à de la témérité. Sans doute est-ce pour cette raison que je n'ai pas hésité à ouvrir la porte aux deux loustics venus nous détrousser, sûre de moi et insensible aux dangers.

Le plus grand dégageait une odeur particulière, sylvestre, très appuyée. Dans les trous de leurs cagoules, j'ai tout de suite deviné à leurs yeux rougis aux pupilles dilatées qu'ils n'avaient pas bu que du café avant de se pointer chez nous. Ils jouaient les durs, on se serait cru au théâtre. Leurs menaces à caractère sexuel me laissaient de glace, car j'avais déjà décidé que j'allais mourir avant qu'ils n'aient pu me toucher. Mon mari m'inquiétait davantage, car je le savais capable de s'énerver inutilement. Sans jamais amorcer les hostilités, il n'avait jamais su battre en retraite quand on le provoquait. Or, il n'avait plus la force de ses vingt ans, et je craignais qu'il se prenne un coup de bâton en pleine figure, surtout après que j'avais vu le grand pulvériser sur la table les verres d'un coup franc. Surprise par le geste, je me suis mordu la langue. Lorsque mon mari a aperçu le sang sur mon menton, je me suis dit « voilà, il va péter un plomb ». Aussi ai-je tenté de faire descendre la pression en leur parlant des deux cents dollars que nous gardions dans l'armoire. Mais ce n'était pas assez, persuadés qu'ils étaient que nous cachions quelque part un magot plus important. J'ai voulu les convaincre que ce n'était pas le cas lorsque j'ai reçu un coup à la tête qui m'a fait perdre connaissance.

Lorsque je me suis réveillée, Antoine était penché sur moi et me caressait le front. Il a souri et m'a dit de rester tranquille, qu'il allait revenir dans un instant. Il est sorti de la maison, je me suis redressée lentement en me frottant la tête, puis je me suis assise, le corps alourdi par la douleur. Et c'est là que j'ai entendu le coup de feu et que mon corps s'est figé. Croyant qu'on venait d'abattre mon mari, j'ai fermé les yeux, vidée du coup de toute émotion, comme si on m'avait débranchée. De mon corps et de mon esprit. Le temps s'est arrêté, le silence s'est étiré dans la nuit noire de la forêt jusqu'à ce que j'entende des pas sur la galerie puis la porte s'ouvrir derrière moi. Alors que je croyais voir apparaître un des deux voyous, c'est la silhouette d'Antoine, avec à la main sa carabine qu'il tenait par le canon, qui s'est dessinée sur le mur de la cuisine. Soulagée, j'ai fermé les yeux pendant qu'il embrassait mon front. Ma blessure était superficielle, et j'en serais quitte pour une bonne prune.

Après qu'Antoine m'a dit qu'il avait tiré dans les airs pour les faire fuir, j'ai voulu appeler la police, mais mon mari m'en a empêchée. Il avait menti, avait plutôt visé les fuyards et craignait même d'avoir atteint sa cible. Prise de panique, je me suis emportée. J'ai toujours détesté les armes à feu, les ai toujours considérées comme une menace, pour les autres autant que pour soi-même. Surtout qu'Antoine était un piètre chasseur – et que l'épicerie du village pouvait nous fournir en viande et en volailles.

J'ai mis un certain temps à comprendre que nous venions de passer le pas entre la quiétude d'une retraite bien méritée et l'angoisse d'une fin de vie cauchemardesque. Bien sûr, nous nous étions défendus à la suite d'une agression, mais Antoine avait tiré alors que la menace était écartée, nos assaillants ayant quitté les lieux.

Peut-on plaider la légitime défense après avoir abattu quelqu'un dans le dos alors qu'il s'enfuyait ?

Encore aujourd'hui, je ne suis pas convaincue d'avoir pris la bonne décision en ne composant pas le 911, car la suite des choses allait nous confirmer que nous n'étions pas au bout de nos peines.

À l'université, des chercheurs qui cherchent, on en trouve, mais des chercheurs qui trouvent, on en cherche.

Charles de Gaulle

Si vous le permettez, je vais reprendre ici mon souffle, car de revenir sur ces événements traumatisants provoque chez moi une telle angoisse que je n'arrive plus à écrire.

Pour faire diversion, sans vraiment sortir du sujet, je serais tenté de vous parler du côté impulsif de ma personnalité. Mais comme cela risque d'aggraver mon cas, je vais m'abstenir et me tourner vers des moments moins troubles de mon passé.

Je suis entré à l'université par la porte de côté comme chargé de cours au département des littératures. J'y avais effectué mes études dans des domaines connexes – il s'agit d'un euphémisme pour souligner le fait que je me suis consacré à l'écriture en empruntant les routes secondaires de l'autodidaxie plutôt que l'autoroute universitaire –, et ce retour inattendu est venu concrétiser ce que la brisure dans la ligne de vie de ma main gauche annonçait depuis ma naissance.

Après quelques années, je suis devenu professeur adjoint. Ensuite, on m'a agrégé, puis titularisé. J'ai occupé pendant un certain temps des postes administratifs dans ma faculté, puis à la faculté des études supérieures. Bref, j'ai fait ce qu'il fallait, c'est-à-dire mon boulot dans toutes ses facettes, l'enseignement, la recherche et l'implication interne. J'ai quitté l'université sans rougir, heureux de m'extraire de cette microsociété où on retrouve ce qui chez l'humain nous fascine – le génie, le don de soi, la passion pour l'enseignement, le respect des collègues – et nous rebute – les magouilles, la paresse, l'ambition démesurée, la jalousie, la médisance. Un laboratoire pour un écrivain. Du temps où j'y étais, je me suis toujours refusé à y référer dans mes romans. Maintenant que je suis à la retraite, je n'en conserve que le meilleur, soit la bienveillance et l'amitié de certains collègues, et le souvenir ému de mes étudiants.

Si je ne me retenais pas, sachant que vous attendez la suite de mon histoire, je vous parlerais de chacun d'eux, de ce qu'ils m'ont appris en devenant mes étudiants, de la fierté qu'ils suscitent encore chez moi de les avoir accompagnés au moment où ils se lançaient dans l'aventure toujours angoissante de l'écriture de fiction. Je les ai écoutés, conseillés, encouragés, réconfortés, les ai vus douter, tout remettre en question, abandonner puis revenir, persévérer jusqu'à ce que le rêve se concrétise enfin, soit sous la forme d'un mémoire de maîtrise ou d'une thèse de doctorat, puis celle d'un livre qui sent bon la colle et le papier blanchi.

Certains m'écrivent encore, d'autres m'ont oublié, ce qui n'est pas plus mal. Je n'ai jamais voulu jouer au gourou, et ma classe n'a jamais pris les allures d'une secte puisque j'ai toujours mis l'accent sur l'indépendance et l'autonomie des étudiants, les amenant à développer leur voix singulière, celle qui les distinguera des autres auteurs tant par ce qu'ils ont à raconter que par la manière dont ils vont le raconter.

Je vous parle de ça à ce moment-ci pour que vous compreniez d'où je viens, car ce qui va suivre pourrait vous laisser croire que je n'ai de compassion pour personne et que je n'ai jamais agi que pour mon intérêt personnel.

Il n'est pas anodin qu'Antoine revienne ici sur son rôle de professeur, car c'est ce qui l'a défini pendant une bonne partie de sa vie.

Par nos emplois respectifs, nous nous situions aux deux extrêmes de la formation des enfants, et nous estimions tous les deux que, comme tout se joue dans les premières années du développement, mon rôle était sans doute plus important que le sien – ce que ne reflètent pas les conditions de travail honteusement modestes des femmes qui, par leurs compétences, leur dévouement et leur amour des enfants, font que nous vivons dans une société encore viable malgré le désengagement, souvent ouvertement assumé, de plusieurs parents.

Tout au long des années que j'ai passées à accompagner des tout-petits dans leurs apprentissages, me félicitant de leurs progrès, apaisant leurs chagrins, les amenant à se dépasser en respectant leurs limites, préoccupée par leurs difficultés ou le manque de soins – parfois d'amour – qu'ils recevaient à la maison, je me suis désolée des effets pervers du système mis en place par le gouvernement, en particulier de la déresponsabilisation parentale qu'il induit – poupons placés en service de garde à trois mois, enfants inscrits à la garderie pendant le congé parental des parents, bambins qui ouvrent et ferment le service de garde et qu'on laisserait bien dormir sur place si cela était permis, loupiots qui n'ont pas même droit à une journée de vacances en famille, gardés par leurs grands-parents pendant que papa et maman sirotent leur verre de vin blanc à Venise en juin ou à Cuba fin décembre. Et je ne parle pas ici des enfants négligés, mal soignés, mal habillés, maltraités, abusés. Faire tout ce qu'on peut pour parer à tout cela, jour après jour, semaine après semaine, mois après mois, sachant qu'on sauvera les plus résilients, mais qu'on ne consolera pas les plus fragiles. Tout ça pendant qu'on sabre nos conditions de travail, semaines de vacances supprimées, jours fériés annulés, heures de pédagogie réduites, sans pause-déjeuner, sans grande reconnaissance. Une vocation…

Antoine a raison de le souligner: nous nous sommes toujours préoccupés des autres, et ce qui s'est produit cette nuit-là marque une fracture dans notre ligne de vie que jamais nous n'aurions crue possible.

> Le destin est plein de trous, et la mort doit se trouver dans l'un de ces trous.
>
> Tahar Ben Jelloun

Quand ma femme a relevé les yeux, j'ai senti que quelque chose venait de se briser entre elle et moi. Elle m'a rendu le téléphone, a sondé sa blessure du bout des doigts et m'a dit « c'est bon, allons voir ça ».

J'ai empoigné la lampe de poche d'une main et ma carabine de l'autre.

– Non, tu laisses le fusil ici !

J'ai obtempéré, sonné par la charge de reproches que portait son injonction.

Nous sommes sortis de la maison et avons marché lentement dans l'allée qui, sous les arbres, formait un tunnel noir. Je balayais le sol du faisceau bleuté de la lampe de poche avec une appréhension que mon hyperventilation accentuait.

Ma femme s'est arrêtée net lorsque la lumière s'est déposée sur la semelle d'une botte de cuir noir avant de remonter la jambe et de dessiner un demi-cercle pour redescendre sur l'autre jambe, légèrement repliée. Sans nous regarder, nous nous sommes approchés en soupesant nos pas, et lorsque j'ai éclairé le corps immobile du petit, étendu sur le ventre, sa tête toujours dissimulée dans sa cagoule, je me suis plié en deux pour dégobiller ce que mon estomac avait emmagasiné dans la soirée, soupe aux asperges, poulet grillé et gâteau blanc, dissous dans une bile jaune et nauséabonde.

Ma femme s'est laissée choir sur ses genoux et s'est mise à pleurer.

– Non… pas ça. Pas ça… Antoine…

Je me suis redressé, puis j'ai titubé vers le corps, que j'ai éclairé de nouveau. Une tache de sang mouillait la veste au centre du dos. Ce type était mort, cela ne faisait aucun doute. J'avais tué un homme, moi, Antoine Béraud, mari attentionné, père de famille aimant et professeur d'université à la retraite. Maintenant étendue de tout son long, ma femme frappait le sol d'une main molle, et c'est à ce moment, je crois bien, que j'ai perdu toute conscience du temps et de l'espace, tombant dans une forme de gouffre intérieur que je ne saurais définir que comme l'absence de toute chose et de toute émotion, préfiguration du néant éternel qui nous attend après notre mort, vide intersidéral, trou noir où tout s'abolit. Je me suis assis sur le sol pour m'évader de moi-même, incapable d'encaisser le choc d'être devenu, en quelques secondes, un assassin.

Dans mon esprit, des formes et des couleurs en mouvement, le son lancinant d'une mouette, une chute infinie, inéluctable, vers quelque chose de tout à fait affolant, là où tout se dégrade pour redevenir poussière d'étoiles.

Je ne sais pas pendant combien de temps je suis resté dans cet état, une minute, dix, une heure. Quand je me suis réveillé, l'aube dessinait la cime des arbres. Ma femme n'était plus là, le corps du petit non plus, et je me suis mis à espérer que tout cela avait été élaboré par mon cerveau malade.

J'ai regagné la maison, j'ai appelé ma femme, en vain. La maison était vide. J'ai longé la rivière et j'ai crié son nom plusieurs fois en marchant dans la forêt, sans réponse. Puis, au bout du terrain, j'ai entendu un bruit sec, régulier. Je me suis approché et j'ai aperçu ma femme, entre les pins. Une pelle à la main, elle creusait un trou avec, près d'elle, la brouette qui lui avait servi à transporter le corps du petit.

Je l'ai rejointe, elle s'est arrêtée un moment et m'a regardé si intensément que je me suis mis à pleurer. Elle a essuyé son front et, exténuée, s'est remise à creuser. J'ai marché vers elle et j'ai tendu la main. Elle a respiré un bon coup, puis elle m'a remis la pelle. J'ai agrandi le trou et nous y avons basculé le corps du petit, qu'on allait enterrer sans jamais lui avoir retiré sa cagoule. Il était venu anonyme et allait repartir anonyme.

J'ai commencé à remplir la fosse, recouvrant d'abord la tête du cadavre, puis ma femme est allée chercher le bac de compost de notre toilette extérieure.

– Les vers vont faire le travail, a-t-elle dit sans me regarder en déversant le fumier sur le corps.

Nous avons tout remis à plat et recouvert de feuilles mortes, puis nous sommes rentrés à la maison alors que le jour s'était levé pour de bon.

Oui, quelque chose en moi s'est rompu quand j'ai compris que mon mari venait de tuer un homme, comme si j'avais jusque-là vécu dans une version naïve de ma vie, facile à définir et à expliquer aux autres, que ce coup de feu venait d'abolir. Marie Broussilovski, femme de parole aux valeurs humanistes bien ancrées dans son parcours de vie, devenait complice d'un meurtrier. Et déjà, j'avais la conviction que mon mari, aux apparences dures mais en réalité hypersensible, ne s'en remettrait pas.

Quand nous avons découvert le corps inanimé du petit, je me suis mise à pleurer. Pour ce garçon couché à plat ventre qui embrassait le sol, la tête toujours encagoulée – la balle lui ayant sans doute fracturé l'omoplate gauche avant d'atteindre le cœur. Pour mon mari, qui s'est étendu sur le sol et a fermé les yeux avant de s'endormir comme si quelqu'un venait de débrancher son corps d'un coup d'index sur un interrupteur. Pour moi, à genoux devant le cadavre, les mains sur les cuisses, cherchant mon air.

Dans le silence de la nuit, mes sanglots défiaient le silence de la forêt sous un ciel sans nuages. Jamais je ne m'étais sentie aussi seule, même aux heures les plus creuses de mon adolescence. J'aurais tout donné pour me retrouver sur la grève de mon île, couchée sur le dos avec ma carte du ciel, mon esprit vagabondant dans les replis du cosmos. Car prostrée entre le cadavre du petit et le corps endormi de mon mari, je comprenais qu'il n'y avait de vrai que la terre que je frappais de mes mains ouvertes en rageant contre le destin qui venait de nous enfermer dans un avenir sans lumière.

Après un moment, je me suis ressaisie et j'ai compris que je devais agir, prendre les choses en main avant que le jour ne se lève. Aussi me suis-je secouée en essuyant les larmes sur mon visage avec la manche de ma veste. Dans un élan, j'ai regagné la maison pour passer mes vêtements de travail et suis allée chercher la brouette derrière la remise. De retour dans l'allée, je me suis penchée sur Antoine, qui dormait profondément, jalouse de sa capacité à se refermer ainsi sur son malheur. Puis, non sans difficulté, j'ai hissé le corps lourd du petit dans la brouette pour le transporter jusqu'au fond de notre terrain, où je me suis mise à creuser un trou.

Mon esprit avait perdu toute fonction logique et ne carburait plus qu'à l'instinct. Je creusais sans relâche, ma pelle s'enfonçant de manière régulière dans la terre meuble d'un ancien jardin laissé en friche, pendant que les bras et les jambes du macchabée pendouillaient de chaque côté de son berceau.

Au moment où mon corps allait rendre les armes devant l'ampleur de la tâche, mon mari est apparu de biais dans mon champ de vision. Sans un mot, il a pris la pelle et a terminé le travail. Nous avons basculé le corps dans le trou, l'avons couvert de compost, puis nous avons rempli la fosse en la scellant d'une couche de mousse et de feuilles mortes, comptant sur la nature pour avaler tout ça tranquillement.

> Si nous avions de temps en temps quelques instants pour nous arrêter, regarder les choses, les juger, nous ne pourrions que demander grâce, reculer, effarés, prendre la fuite.
>
> Jacques Sternberg

Vous vous imaginez bien que nous n'avons pas fermé l'œil de la journée même si notre nuit avait été écourtée. Ma femme s'activait dans la maison, incapable de s'asseoir, passant le balai, récurant l'évier, nettoyant chaque lame du store vertical. Par moments, elle sortait prendre l'air, arpentait le terrain, allait à la rivière, puis elle rentrait sans un mot.

Tout ce temps, je suis resté assis dans le fauteuil, les mains à plat sur les accoudoirs, le regard accroché aux mangeoires, de l'autre côté de la fenêtre, qu'un couple de mésanges dévalisait sans retenue. Je nous revoyais balancer le cadavre du petit dans le trou comme un vulgaire sac à déchets, entendais les pelletées de terre s'abattre sur son corps inerte comme une pluie d'hiver alourdie de grésil. Je m'en voulais d'avoir imposé ça à ma femme, qui n'avait souhaité de mal à personne tout au long de sa vie et qui, au crépuscule de son existence, allait devoir porter ce fardeau jusqu'à ce que la mort vienne l'en libérer. Une larme coulait de mon œil droit à intervalles réguliers. Je la laissais glisser sur ma joue jusque dans ma bouche, en goûtais le sel en cherchant une manière d'expier mon crime. J'avais beau me répéter que ce n'était qu'un petit bandit, un voyou sans scrupules, un voleur minable capable d'accepter que son complice s'en prenne à une femme sans défense, il n'y avait rien pour me soulager. J'avais tué un homme, et cette vérité transcendait tout le reste.

Les heures ont passé sans que nous n'échangions une seule parole, ma femme et moi. J'ai avalé de force deux tranches de pain au souper, puis nous nous sommes étendus sur le lit à la tombée de la nuit en gardant une distance entre nos corps vannés. J'ai fermé les yeux, surpris d'arriver à la fin de cette journée sans que la police ne soit venue me chercher. Car l'autre, le grand, savait ce qui s'était passé. Il s'était tiré avec notre argent en laissant son complice agoniser derrière lui. Il ne pouvait pas tout raconter aux policiers, mais un appel anonyme aurait suffi. Or, j'étais encore là, chez moi, ébahi et anxieux de ce que nous allions devenir, ma femme et moi, rongés par notre secret qui déjà nous éloignait.

Jamais je ne m'étais senti aussi seul, abandonné, vidé d'une partie de mon humanité, pas tout à fait un monstre, mais tout de même. Fou de rage, oui, de trouille aussi, bien sûr, j'avais appuyé sur la gâchette. Mon doigt, sur la gâchette. Pas celui d'un autre, le mien, qui s'ébrouait habituellement sur un clavier pour aligner des mots qui n'avaient jamais tué personne. Ça peut faire mal, des mots, rouvrir des plaies mal cicatrisées, dit-on, mais ce ne sont que des images, une manière de parler, figures de style, métaphores, catachrèses, métonymies. Là, il y a le trou au fond du terrain avec dedans le corps du petit. C'est du solide, car dans ce corps, il y avait un esprit. Ce corps portait avec lui une histoire de vie que je ne connaissais pas, des années d'existence auxquelles j'avais mis un terme d'un mouvement de mon index sur la gâchette de ma .410. Moi, pas un autre que j'aurais pu juger de l'extérieur en pesant la balance, les yeux bandés. Moi, né Antoine Béraud dans une petite ville de l'Amérique du Nord, réfugié dans une cabane au fond d'une forêt de pins sauvages pour vivre en paix les dernières années de ma vie et rattrapé par le destin pour que je ne m'en tire pas de si belle manière. C'est que je l'avais eue trop facile, malgré les quelques tuiles qui m'étaient tombées dessus. Il fallait bien équilibrer les choses avant que je ne me tire.

C'est sur ces pensées que je me suis endormi pour me réveiller douze heures plus tard, lourd comme un sac de pierres. Ma femme n'était pas dans la maison, et en regardant dehors, j'ai remarqué que la voiture n'était plus là.

Je me suis habillé, j'ai allumé la radio et j'ai mangé une banane, appuyé de dos contre le comptoir. Le soleil entrait par la fenêtre pour étendre jusqu'à mes pieds l'ombre du bouleau auquel nous avions accroché nos mangeoires. Sans surprise, la radio nationale nous offrait un reportage à saveur gastronomique. Sujet récurrent. J'ai éteint le poste, j'ai enfilé ma veste et je suis sorti pour aller m'asseoir au bord de la rivière. Le chant du courant filant sur les pierres plates m'a apaisé jusqu'à ce que mon corps, sans prévenir, se mette à grelotter comme si on venait d'y déverser un seau de glace concassée. Je me suis levé avec peine, les bras serrés autour de ma poitrine, et je suis remonté vers la maison pour m'étendre sous les couvertures sans comprendre ce qui m'arrivait. J'ai claqué des dents pendant une bonne trentaine de minutes avant que la crise ne se résorbe. Vanné, je me suis rendormi, réveillé par le bruit de la voiture une heure plus tard.

Ma femme rentrait du village avec deux sacs de nourriture et le journal du jour. Je me suis extirpé du lit et l'ai vue passer devant la fenêtre. Elle est entrée dans la maison sans me regarder, a jeté un œil au lit défait comme pour me dire « tu aurais pu ranger », a déposé ses sacs sur la table et m'a tendu le journal.

– T'as bien dormi ?

Sa question n'avait rien d'ironique, mais elle m'a tout de même piqué.

– À ton avis ?

Elle s'est contentée de sourire.

– Y a rien…

J'ai froncé les sourcils.

– Dans les journaux, a-t-elle repris, y a rien concernant la disparition de… Je veux dire… Y a rien.

J'ai attrapé le journal et suis allé m'asseoir sur le lit pendant qu'elle rangeait ses achats.

Au bout d'un moment, elle est venue vers moi et a posé une main sur ma cuisse.

– Tu sais ce qu'on va faire ?

J'ai refermé le journal sans bouger la tête, incapable de croiser son regard. Pétri de honte d'avoir tué un homme, mais surtout d'avoir ainsi gâché la vie de ma femme, j'ai fermé les yeux.

– On va partir quelques jours, prendre la route sans destination précise, nous arrêter la nuit dans un hôtel pour dormir, puis rouler encore le lendemain, lentement, par les petits chemins de campagne. Juste ça, rouler, manger, dormir. Une semaine ou deux, pour sortir d'ici et nous aérer l'esprit.

Elle a tapoté ma jambe.

– D'accord?

J'ai acquiescé d'un signe de tête.

– Bien! a-t-elle ajouté en se levant. J'ai tout acheté pour nous faire un lunch, la glace est dans la voiture, on part dans une heure.

Partir, voilà la solution que j'avais trouvée pour nous sortir de la torpeur dans laquelle nous étions en train de nous enfoncer.

Au village, j'ai croisé la femme de Martin devant la porte de son bureau de notaire. Nous nous sommes saluées, sans plus, car nous nous connaissions à peine. Elle savait sans doute que son mari nous visitait régulièrement, mais nous devions passer à ses yeux pour deux énergumènes, du type ermite tendance hippie sur le tard ou quelque chose du genre, pour lesquels Martin s'était pris d'affection sans qu'elle ne comprenne pourquoi. Même s'il ne faut pas jauger à l'apparence, son tailleur deux pièces et ses souliers à talons hauts auraient juré si elle s'était décidée à l'accompagner ainsi dans notre royaume.

Qui étais-je pour la juger? Car c'était une chic fille, et une mère attentionnée. C'est du moins ce que j'avais déduit des discussions que nous avions eues à son sujet avec Martin.

Avec les provisions, j'ai acheté le journal du jour et l'ai feuilleté rapidement une fois de retour dans la voiture. Bien sûr, il n'y avait rien concernant ce qui s'était produit chez nous la veille. Comment cela aurait-il pu être possible? Mais je voulais rassurer Antoine, lui montrer que nous étions libres de nos mouvements et le convaincre de partir avec moi.

J'avais l'impression de vivre la vie d'une autre, de jouer le rôle qu'un metteur en scène m'avait octroyé sans me demander mon avis. On m'avait poussée vers la scène, et je devais me débrouiller en improvisant la suite de nos vies, sans même un personnage secondaire pour me guider.

Demeuré en coulisse, Antoine attendait que les choses se passent comme en dehors de lui, spectateur de sa destinée que je tenais seule entre mes mains.

Je suis rentrée à la maison sans me presser, me répétant que je ne méritais pas de finir ma vie dans un tel enfer, pétrie de remords, honteuse de devoir me présenter devant mes enfants avec un secret si lourd à porter.

> La prière, croyez-moi, n'est souvent pour beaucoup que le besoin, quand on se sent seul, de parler à la seconde personne.
>
> André Gide

Nous avons roulé vers l'est à travers vallons et plaines cultivées jusqu'à la frontière des États-Unis, que nous avons traversée sans difficulté à la fin de l'après-midi.

Ma femme a pris le volant au village suivant, puis elle nous a conduits jusqu'à la côte atlantique avant la tombée de la nuit.

Nous avons dormi dans un hôtel propre mais inconfortable, y avons pris un déjeuner sans saveur et nous sommes remis à rouler, longeant la mer dès que nous le pouvions.

Nos conversations tournaient autour de la température et de ce que nous apercevions au fil de la route, et il arrivait que nous gardions le silence pendant de longues minutes, parfois plus d'une heure, absorbés par nos pensées respectives.

Les miennes n'avaient rien de distrayant, tournant autour des images récurrentes de nos agresseurs, du coup que le plus grand avait porté à la tête de ma femme, du moment où je les avais pourchassés dans la nuit noire, de l'instant précis où j'avais tiré, la détonation, le rebond sur mon épaule, le bruit d'un corps qui tombe sur le sol, l'énervement du plus grand, les pas de sa fuite, puis le silence. Tout cela tournait en boucle dans mon esprit, ce qui m'épuisait. Lorsque je fermais les yeux, ma femme, devinant mon désarroi, attirait mon attention sur un détail du paysage, un arbre en fleurs, une maison aux couleurs flamboyantes, le vol d'un oiseau.

Nous nous arrêtions souvent, pour admirer la mer au bout d'une impasse, ou sur un quai désert pour avaler une bouchée, laissant le vent emmêler nos cheveux.

Nous avons roulé vers le sud pendant quatre jours sans jamais emprunter les autoroutes. Nos esprits se délestaient lentement de la charge qu'y avaient déposée les événements tragiques que nous avions vécus. Il m'arrivait même de sourire aux remarques de ma femme, qui se moquait gentiment des habitudes de ceux que nous croisions – certains avalant devant nous des portions énormes de frites ou des hamburgers géants, la plupart arborant un chandail aux couleurs de leur équipe sportive favorite.

Un matin, je me suis levé et j'ai dit à ma femme « ça va, nous pouvons rentrer chez nous ». Elle m'a souri, m'a embrassé, puis nous sommes remontés vers le nord en passant par les terres intérieures, gravissant des montagnes en caravanes derrière des véhicules lourds, puis sillonnant des plaines verdoyantes que des ondées faisaient chatoyer.

Le trajet a duré cinq jours. Pour notre dernière nuit, nous nous sommes offert un hôtel cinq étoiles, avons pris une douche, puis nous avons fait l'amour sans nous presser.

Lorsque nous nous sommes arrêtés au Port City Sandwich Co. de Newburyport au Massachusetts pour y cueillir notre repas du midi, mon esprit voguait encore dans la petite église de la First Religious Society Unitarian Universalis que nous avions visitée une heure plus tôt. La simplicité du mobilier et la blancheur uniforme du décor m'avaient apaisée, et j'étais restée assise plusieurs minutes au centre de l'enceinte pendant qu'Antoine, allergique aux lieux de culte, m'attendait à l'extérieur.

Il n'y avait personne d'autre que moi dans l'église, sinon une vieille dame qui, dans un coin, passait un balai sans me prêter attention.

Athée depuis toujours, n'ayant jamais même dans l'enfance cru aux sornettes du curé de notre village, je me suis surprise à m'adresser en pensée à une entité supérieure que je n'aurais pas su définir plus précisément. Je lui ai raconté ce qui s'était passé chez nous et lui ai demandé conseil pour la suite des choses. Ma requête demeurant sans réponse, j'allais quitter les lieux quand la vieille dame s'est approchée, son balai à la main, et m'a tendu un dépliant avant de remonter l'allée. Il s'agissait de l'horaire des offices, et d'un extrait de la bible qui parlait du pardon : « C'est moi, oui, c'est moi qui efface tes crimes, à cause de moi-même ; de tes péchés je ne vais pas me souvenir. » (Ésaïe 43, 25)

Crimes… péchés… Je me suis inquiétée pour Antoine et suis sortie le rejoindre. Il était assis sur un banc, les mains croisées sur ses genoux, les yeux fermés, et je me suis demandé s'il n'était pas lui aussi en train d'avouer ses fautes à un confident imaginaire. Sa jambe droite a tressauté, et il a ouvert les yeux sans m'apercevoir, le regard accroché à ses mains jointes. On aurait dit un enfant en pénitence, repentant. Je n'ai pas su vivre plus longtemps avec cette vision et me suis annoncée de loin. Il a tourné la tête vers moi puis s'est levé d'un bond, comme si je venais de le soulager d'une lourde charge. Il a souri en me tendant la main, puis il m'a embrassée, longuement.

Nous avons mangé nos sandwiches sur une table de pique-nique, au bord de la rivière Merrimack, puis nous avons repris la route numéro 1 en direction de Salem, ville de sorcières et de goélettes.

> Il est si facile et si naturel de deviner la souffrance de ceux qu'on aime ! Mais il est pénible de ne pouvoir y apporter le soulagement qu'on voudrait.
>
> Adrienne Sénécal

Lorsque nous sommes rentrés à la maison, nous avons trouvé un mot de Martin sur la galerie. Il était passé deux fois et s'inquiétait de notre absence. J'ai voulu le rassurer, mais lorsque j'ai sorti notre téléphone cellulaire de son étui, ma femme a proposé que nous attendions qu'il revienne.

– On lui racontera notre voyage de vive voix, ce sera plus crédible.

Il est de fait repassé le lendemain, une grappe de canettes de bière à la main, et nous avons discuté de choses et d'autres sans jamais qu'il fasse référence à quelque disparition que ce soit au village ou en ville. Visiblement, le petit n'avait pas beaucoup d'amis, et sa famille ne semblait pas trop s'émouvoir du fait qu'il s'était volatilisé. À moins qu'il soit venu de loin pour nous accabler, ce qui m'apparaissait peu probable.

Martin a proposé d'organiser une journée plein air avec quelques-uns des anciens du programme de création littéraire de l'université avec lesquels il avait gardé contact.

– On pourrait venir ici et descendre la rivière jusqu'au lac en kayak. J'emprunterais ceux de mon beau-frère. Ce serait bien, non ?

Nous nous sommes regardés, ma femme et moi, puis elle a dit « bien sûr, ce serait génial » d'une voix pleine d'assurance.

Martin est reparti revigoré, promettant de nous revenir bientôt avec une date pour notre activité.

– Tu sais que j'aime pas beaucoup ce type de réunion avec mes anciens étudiants, ai-je dit à ma femme en le regardant s'éloigner dans l'allée. Souvent, ils se sentent obligés d'accepter l'invitation alors qu'ils ont tourné la page sur tout ça.

Elle a serré mon bras tendrement, puis elle a appuyé sa tête sur mon épaule.

– Ils seront tous ravis de te revoir, j'en suis certaine.

J'ai grogné quelque chose pour lui faire plaisir, puis je suis sorti m'installer à la table extérieure avec mon verre d'eau.

Je ne vous l'ai pas dit, mais je n'avais pas bu une goutte d'alcool depuis… l'incident.

Je ne vous cacherai pas ma surprise – et mon soulagement – d'apprendre qu'aucun avis de recherche n'avait été lancé pour retrouver le garçon que nous avions enterré au fond de notre terrain. Je craignais cependant que le grand ne vienne nous réclamer des comptes, et cela me rendait nerveuse.

Martin m'a semblé plus serein que la dernière fois où nous l'avions vu. Plus calme, d'humeur joyeuse, il nous a parlé de ses enfants qui grandissaient trop vite – et de sa femme qui travaillait trop. Il avait le goût de voir du monde, souhaitait rassembler les anciens étudiants de mon mari pour une journée de plein air.

Quand Antoine l'a questionné sur son roman en cours d'écriture, il est demeuré vague, comme gêné que ça n'avance pas aussi vite qu'il l'aurait espéré. Nous avons compris que l'écriture faisait ressurgir certains pans de son enfance difficile que la fiction n'arrivait pas à transcender. Aussi n'avons-nous pas insisté.

Puis, au détour d'une phrase, il nous a annoncé qu'il avait entrepris une thérapie pour se débarrasser des petites pilules blanches dont il était accro depuis un an. Lancé pour un long parcours de sevrage contrôlé, il était sûr d'y arriver. Il le faisait pour ses enfants, craignant qu'une surdose ne les prive de leur père de manière prématurée. Nous l'avons assuré de notre appui et de nos encouragements.

Quand Martin est reparti, Antoine m'a serrée dans ses bras, et j'ai senti qu'il s'accrochait à moi, ce qui m'a agacée.

> Vous êtes aussi jeune que votre espoir, aussi vieux que votre abattement.
>
> Douglas MacArthur

Je prends ici une grande respiration, car c'est un peu ce qui s'est produit dans les jours et les semaines qui ont suivi, comme si le temps s'était arrêté sur cet été splendide, le soleil faisant valoir son droit d'aînesse sur des nuages toujours éphémères. Nos enfants étaient partis pour l'été, notre fille chez une amie installée à Toronto et notre fils à Copenhague avec sa conjointe pour son projet de recherche en santé internationale – auquel nous ne comprenions pas grand-chose.

Mi-juillet, mes étudiants sont venus en grand nombre à la fête organisée par Martin, plusieurs avec leur conjoint, certains même avec leurs enfants. Nous avons passé une journée magnifique, ma femme resplendissait dans son rôle d'hôtesse. Attentionnée mais décontractée, elle avait sorti de la remise un grand bassin pour que s'y baignent les enfants. Vers la fin de l'après-midi, avec l'aide des parents, elle a improvisé une chasse au trésor dans la forêt pour les plus petits – en évitant le coin sensible du terrain, comme de raison. Puis, à l'heure du repas, elle a distribué les tâches, mettant tout le monde à contribution d'une manière ou d'une autre. Son aplomb et sa gentillesse lui ont attiré des éloges lorsque nous nous sommes tous rassemblés autour du foyer pour le feu en plein air. Martin avait apporté sa guitare, et nous nous serions crus dans une publicité de SUV tellement fusaient de partout la joie de vivre et la sérénité.

Ce fut, je crois, la dernière fois que je me suis senti bien, délivré pour quelques heures de l'angoisse et de la honte qui me taraudaient jour et nuit, jamais de manière fulgurante, mais toujours en sourdine, juste là sous la peau, et qui me rendaient fragile, vulnérable. Quand septembre nous a apporté ses jours gris, puis que le mois d'octobre a fait rougir les feuilles avant de les arracher aux arbres effrayés, j'ai craqué, me suis recroquevillé sur moi-même et j'ai sombré dans une dépression abrutissante.

Je garde un souvenir ému de cette journée avec les étudiants d'Antoine et leurs familles, comme si la vie avait voulu appliquer un baume sur notre détresse. Un dôme d'allégresse avait recouvert le terrain, et rien n'était venu altérer l'état de béatitude dans lequel nous avait plongés l'initiative de Martin.

Je m'étais surprise à retrouver le plaisir de jouer avec les enfants, m'amusant de leurs expressions loufoques et de leur émerveillement devant ce que la nature leur donnait à voir et à toucher, plantes, mousses, pins gigantesques, poissons frayant dans la rivière translucide, suisses et écureuils à la fois curieux et craintifs, geais bleus et pics mineurs aux aguets près des mangeoires, sittelles fanfaronnes, fourmis têtues.

Le vin rosé goûtait l'Italie, et la bière des garçons faisait suinter les verres. Fromages, jambon et croustilles de toutes sortes attiraient les mouches autour de la table sur laquelle j'avais tendu ma nappe de dentelle couleur crème achetée au Maroc.

Antoine avait baissé la garde, acceptant les marques d'affection de toute cette jeunesse plus très jeune, heureux d'avoir rendu possible une aussi belle journée. Décontractée, l'ambiance portait aux confidences sur les bons coups de chacun, mais aussi les difficultés liées à la carrière et à sa conciliation avec les responsabilités familiales. Tous ces jeunes avaient étudié longtemps – parfois trop pour certains, qui ne savaient que faire du doctorat auquel ils avaient consacré quatre ou cinq années de leur vie et qui ne leur avait ouvert aucune porte sur le marché du travail. Ceux qui s'étaient arrêtés à la maîtrise semblaient mieux s'en sortir, assumant des charges de cours au cégep ou œuvrant dans le milieu de l'édition. La plupart avaient réussi à faire publier le manuscrit qu'ils avaient rédigé sous la direction d'Antoine, parfois même dans de grandes maisons d'édition, certains ayant relevé le défi du second livre, écrit sans l'aide de personne dans la solitude et le doute. Ils s'échangeaient des conseils, et des contacts dans le petit milieu de la littérature, solidaires depuis leurs premiers cours de création à l'université dans lesquels les professeurs mettaient l'accent sur la collaboration plutôt que la compétition.

Le soir venu, nous avons chanté – eux plus que moi, qui ne connaissais pas la moitié des chansons de leur répertoire, principalement anglophone. Les enfants dormaient sur des couvertures étendues sur le sol, emmitouflés dans les vestes de leurs parents, et les chauffeurs désignés s'étaient mis à l'eau en attendant de prendre la route.

Orion avait pivoté sur elle-même quand Martin et Valérie nous ont souhaité une bonne nuit, après que tous les autres étaient rentrés chez eux. Et je me suis reproché les pensées négatives que j'avais eues à l'égard de cette jeune femme, car elle avait été des plus avenante tout au long de la journée.

À peine rentré dans la maison, Antoine s'est endormi d'un seul souffle, et ce sera la dernière fois que je l'aurai vu aussi serein, l'automne nous projetant dans un puits sans fond.

> Il y a une étrange satisfaction à toucher le fond du désespoir; l'excès du malheur procure une espèce de sécurité, havre de grâce pour l'âme naufragée qui n'ose plus croire.
>
> Julien Green

Je suis resté pratiquement au lit pendant trois longs mois, incapable de m'intéresser à quoi que ce soit d'autre qu'aux arbres effeuillés que je voyais par la fenêtre et à la neige qui s'était mise à tomber. Ma femme a tenté toutes les stratégies pour me secouer, du maternage à la réprimande, mais c'était peine perdue. Je n'étais plus qu'un corps inutile qui, de plus en plus maigre, se délitait lentement.

Par crainte de ce que j'aurais pu en faire, Marie ne me laissait jamais seul. Aussi m'obligeait-elle à m'habiller et à monter avec elle dans la voiture chaque fois qu'elle allait au village. Assis dans le siège du passager, je l'attendais sur le parking en écoutant d'une oreille distraite la radio nationale.

Trois mois, oui. En hibernation, malheureux sans le dire, vidé de moi-même, inopérant. Je peinais à aligner deux phrases, répondais à Marie par monosyllabes, ne voulais plus voir personne, ni mes enfants ni Martin, qui s'en était offusqué après deux tentatives. Ma femme lui avait pourtant expliqué que je souffrais d'une maladie contagieuse et que j'avais besoin de repos, mais il y avait vu une forme de rejet et il avait cessé de venir frapper à notre porte.

Parfois, Marie pleurait dans son coin. Je le devinais à ses reniflements. J'aurais voulu me lever et la prendre dans mes bras, mais comme tous mes autres sens, ceux de l'empathie et de la compassion avaient disparu.

Mi-décembre, le jour tombait avant seize heures, et j'étais au plus mal. Ma femme avait perdu elle aussi ce qui lui restait d'énergie, et avant que nous ne finissions par mourir de faim tous les deux, elle a composé le 911, et deux ambulances sont venues nous chercher pour nous conduire dans un hôpital de la ville.

Hospitalisé et mis sous médication, je suis resté sans nouvelles d'elle pendant trois jours alors qu'on l'avait installée à l'étage du dessous. Quand elle est apparue dans le cadre de la porte de ma chambre, je me suis mis à pleurer et me suis excusé pour tout le chagrin que je lui causais. Son manteau sous le bras, elle s'est assise au pied du lit et elle a pris ma main.

– On peut pas continuer comme ça, Antoine. On m'a donné mon congé, je rentre à la maison. Mais j'ai besoin de toi, tu dois guérir, tu comprends ?

Je n'arrivais pas à parler, étouffé par un sanglot.

– Il faut manger, reprendre des forces, retrouver le goût de vivre. Sinon, tu vas mourir, Antoine. Et je veux pas que tu meures, tu comprends ça ?

Ses yeux bleus s'accrochaient aux miens pendant qu'une larme coulait sur sa joue.

– T'as rien choisi de tout ça. T'as voulu me protéger, c'est naturel, animal. Un réflexe. Ta mort n'effacera rien. Si Dieu existe, t'es foutu. Mais on sait tous les deux que Dieu existe pas, alors...

Son sourire... Elle me répétait dans un murmure ce qu'elle m'avait dit mille fois, mais c'était comme si je l'entendais pour la première fois. J'ai serré sa main et j'ai souri à mon tour.

– S'il existe, c'est un sacré couillon !

Elle a ri et pleuré en même temps, car c'était la première blague que je lui servais depuis la fin de l'été. Elle s'est penchée sur moi et m'a embrassé sur la joue, puis sur le front. Puis elle a caressé mes cheveux, et – j'ai honte à le dire – je me suis senti un moment comme un enfant réconforté par sa mère.

– Je vais t'attendre à la maison. Prends le temps qu'il faudra, mais promets-moi que tu reviendras.

Il y avait dans son regard tant d'amour et de détermination que je me suis ressaisi et redressé sur mon oreiller. Le petit garçon s'est volatilisé, et je me suis retrouvé de nouveau coincé dans ma vieille carcasse. J'ai levé une main vers le visage de ma femme, l'ai effleuré du revers de mes doigts gercés et lui ai promis que j'allais bientôt rentrer et redevenir l'homme qu'elle avait aimé.

Elle a appuyé sa joue sur ma main, a déposé un baiser sur mon poignet, puis elle s'est levée doucement.

Nous nous sommes répété que nous nous aimions, puis elle s'est dissoute, son manteau sous le bras, dans la lumière froide du corridor.

L'ambulance roulait lentement sur la chaussée glacée, car il n'y avait pas d'urgence à proprement parler à nous conduire à l'hôpital. Nous n'allions pas bien, Antoine et moi, mais nos vies n'étaient pas en danger. Simplement, nous n'arrivions plus à prendre soin de nous adéquatement.

J'avais refusé qu'on prévienne nos enfants, souhaitant les tenir ignorants des malheurs qui nous accablaient.

On m'a installée dans une chambre aux couleurs pastel, séparée de mon mari, puis on m'a fait prendre des médicaments qui m'ont assommée. J'ai dû dormir pendant douze heures, peut-être davantage, avant de me réveiller, désorientée et courbaturée. Je me suis levée de mon lit et j'ai marché dans le corridor jusqu'à ce qu'une infirmière me ramène à ma chambre, où je me suis rendormie pour plusieurs heures encore.

Un jeune médecin est passé dans la nuit – j'avais perdu la notion du temps, mais il faisait noir à l'extérieur – et m'a demandé ce qui m'avait conduite à l'hôpital. Je lui ai parlé de l'état de mon mari, et de la fatigue que cela m'avait causée. Il a dit « très bien, nous allons vous remettre sur pied, puis on s'occupera de votre mari ».

Il a tenu parole, puisque je suis sortie de l'hôpital le lendemain soir avec une prescription et l'assurance qu'Antoine serait bien traité.

Nous n'avions rien réglé de ce qui nous avait mis dans cet état, mais curieusement, j'avais retrouvé une certaine forme d'optimisme, espérant que nous allions nous en tirer. Et c'est drapée de cette confiance que je me suis présentée devant Antoine pour lui transmettre un peu de cette nouvelle vigueur, prête à patienter le temps qu'il faudrait avant de le voir me revenir tel qu'en lui-même.

> Le renouveau a toujours été d'abord un retour aux sources.
>
> Romain Gary

Le lendemain, je me suis remis à manger, rien de solide pour commencer, puis de la crème glacée, puis des pâtes et des petits gâteaux blancs. Après trois jours, le médecin de garde m'a dit que j'étais sur la bonne voie et que je pouvais rentrer chez moi. Ma femme est venue me chercher. En montant dans la voiture, je lui ai montré la prescription d'antidépresseurs que le jeune docteur m'avait fournie, puis je l'ai déchirée devant ses yeux. Ma femme s'en est inquiétée. J'ai dit « ça va aller », ce qui a semblé la rassurer.

C'est ainsi que nous avons entamé la nouvelle année. Une semaine plus tard, je n'avais pas engraissé, mais j'avais repris des forces. Un matin, j'ai sorti la souffleuse de la remise, je l'ai remplie d'essence et j'ai passé deux heures à élargir le sentier menant de la maison à la voiture – passage que ma femme avait jusque-là tracé à la pelle.

En allant au village, nous nous sommes arrêtés chez Martin. Surpris, il nous a invités à entrer, mais nous nous sommes contentés de lui dire du pas de la porte que je prenais du mieux et que nous serions heureux qu'il passe nous voir quand il en aurait envie. Je crois que ça lui a fait plaisir, car il a effectivement frappé à notre porte deux jours plus tard.

C'est ainsi que nous avons appris les dernières nouvelles du village. La mort du bedeau Simard, dit le boiteux, machine à rumeurs et conteur sur les bords. L'élection d'un nouveau maire, un gars du lac à l'Ours, au nord du village, que nous avions croisé une fois ou deux sans qu'il ne nous inspire quoi que ce soit de bon avec son chandail marqué du logo de La Meute, un groupuscule de droite sur le déclin, mais toujours actif dans notre région. La fermeture du salon de coiffure de Jolène Lacroix, un événement puisque les femmes du village allaient devoir se taper les trente kilomètres qui nous séparaient du village le plus proche pour aller renouveler leur teinture.

– Et y a le cousin de ma femme qui est tombé en dépression, a ajouté Martin avant de se rendre compte que le sujet était miné. Mais ça, je veux dire… c'est pas une nouvelle, a-t-il tenté pour tempérer. C'est juste qu'on s'attendait pas à ça, c'était le boute-en-train de la famille, toujours en farces.

Ma femme a souri.

– Ça s'annonce pas, ces affaires-là, a-t-elle dit en me regardant.

Martin a toussé dans sa main.

– Non, c'est sûr…

Je me suis calé dans le fauteuil et j'ai levé mon verre d'eau vers lui.

– J'ai pas eu de maladie contagieuse cet hiver. On t'a menti parce qu'on savait pas quoi dire, mais la vérité, c'est que je voulais plus voir personne. Comme le cousin de ta femme, j'imagine.

Sans mots, Martin a baissé les yeux et a bu une gorgée de sa bière.

– Vois-tu, ai-je continué, c'est ce genre de réaction là que ça provoque quand on parle de dépression.

Ma femme m'a invité du regard à changer de ton. Martin s'est avancé sur sa chaise.

– C'est pas ça, Antoine. J'avais bien vu que vous aviez perdu du poids, j'suis pas aveugle, et pas idiot non plus. J'suis juste content que ça se soit replacé. Pour être franc, j'ai cru que vous aviez attrapé le cancer.

Nous avons souri tous les trois.

– C'en est une autre forme, ai-je soufflé. Enfin, je sais pas. Mais là, ça va mieux, et c'est tout ce qui compte, t'as raison.

Puis la discussion s'est allégée, Martin nous livrant sa critique des romans qu'il avait lus récemment, souvent des plaquettes de quelques pages écrites par de jeunes pousses remplies d'une assurance qui m'avait toujours fait défaut. Car il n'y avait que dans le doute que j'arrivais à écrire, alignant mes phrases sans savoir ce qui allait suivre, collé à mes personnages pour ne rien manquer de ce qui les animait ni de ce que la vie allait mettre sur leur chemin, plaisirs coupables ou innocents, obstacles à surmonter, amours apaisées ou inassouvies, rancunes sauvages, peines d'enfance. Je m'ébrouais dans cette matière informe qu'est l'existence humaine pour en tirer quelque leçon, un savoir cependant jamais acquis parce que soumis aux mille visages potentiels du destin, ce qu'on pourrait nommer causalité dans une vision binaire de la vie où chaque individualité prend la forme d'un arbre au branchage infini, des milliards de petits Y qui n'ont de cesse de se reproduire, seconde après seconde, pour nous conduire là où nous sommes, toujours en mouvement, jamais rendus, inachevés.

Martin est reparti soulagé, visiblement heureux que nous ayons eu cette discussion sur mon refus de le recevoir pendant quelques mois. Nous avions dit les mots qu'il fallait, ma femme et moi, pour que perdure notre relation avec lui. Car nous savions tous les deux qu'en nous donnant des nouvelles du monde qui nous entourait, Martin nous gardait en vie.

L'hiver nous maintenait dans un état second, en attente de la libération annoncée du printemps, que nous espérions avec une ferveur toute particulière. Lorsque j'ai repris mes activités à la ressourcerie du village, je me suis inquiétée pour Antoine demeuré seul à la maison, même s'il m'assurait que tout allait bien. J'avais gardé de notre séjour à l'hôpital la crainte que nous perdions notre autonomie et devions retourner en ville dans un centre pour personnes âgées – l'équivalent pour moi d'une condamnation à mort. J'avais vu mon père s'y éteindre à petit feu, demandant au Dieu auquel il croyait de venir le chercher, et je redoutais plus que tout de terminer ma vie de cette façon.

Hyperactive autodiagnostiquée, j'étais angoissée par la seule pensée de devoir m'assagir. Toute ma vie, je m'étais levée tôt, travaillant debout, sans pauses, à soulever des enfants, à jouer avec eux, à courir avec eux, à manger avec eux. De retour à la maison, je continuais de m'activer avant de marcher mes cinq kilomètres après le repas du soir avec Antoine. Une fois la nuit tombée, je m'asseyais devant la télé et m'endormais sur le divan avant le journal télévisé de vingt-deux heures.

Seule la lecture arrivait à m'apaiser, car j'avais l'impression de continuer à me déplacer même si mon corps demeurait au repos. J'étais une lectrice boulimique et curieuse, capable de passer d'Anna Gavalda à Audur Ava Ólafsdóttir, de Denis Monette à Ying Chen, d'Alessandro Barrico à Meir Shalev… Peu intéressée par l'autofiction, allergique au narcissisme et à l'autopromotion endémiques de notre époque, je me laissais volontiers porter par les romans sollicitant mon imaginaire – lectrice active plutôt que spectatrice.

Parce que je partageais ma vie avec un écrivain, je portais une attention particulière à l'écriture des romans que je lisais, à la musique des mots et à la structure du récit. Car un roman bien écrit, même si l'histoire n'avait rien d'extraordinaire, valait davantage qu'un récit plus original, mais livré par une écriture bancale, sans saveur, mécanique.

Avec le temps, j'avais appris à apprécier, dès la première page d'un livre, la phrase bien charpentée, chantante, harmonieuse, sans fioritures. La phrase rivière dont le courant allait m'emporter sans que je ne m'en rende compte, le flot de la pensée et des images qu'elle suscite s'écoulant sous mes yeux devenus fenêtres ouvertes sur ce que l'auteur avait bien voulu m'offrir de son ipséité.

Par la lecture, je bougeais, marchais, courais encore, lancée dans des rues, des villes ou des villages qui n'existaient que dans mon cerveau. Les formes et les couleurs, le timbre de voix d'un personnage, sa démarche, son charme ou sa répugnance, le son d'une cloche au creux d'une vallée brumeuse, la place publique où s'ébrouent des enfants, le bruit des vagues sur les rochers… tout cela m'appartenait en propre puisque les signes imprimés sur le papier avaient eu besoin que je les intègre et leur donne un sens pour exister autrement que comme taches d'encre.

Je peux dire sans me vanter que je lisais beaucoup plus que mon mari, dont les activités d'enseignement, de direction et d'écriture lui laissaient moins de temps pour la lecture – il s'était cela dit rattrapé depuis la retraite, prolongeant ses soirées jusqu'aux petites heures de la nuit, un livre à la main qu'il annotait dans les marges même s'il n'allait jamais l'ouvrir de nouveau.

Un matin, je l'ai trouvé endormi dans son fauteuil, un livre ouvert sur sa poitrine, et j'ai cru un moment qu'il était mort. Je l'ai secoué, il s'est réveillé en sursaut, le livre est tombé sur le sol, puis il s'est gratté la tête en prenant conscience de sa situation.

– Quelle heure il est ?

– Six heures…

Il a gagné le lit et s'y est rendormi en moins de dix secondes. J'ai ramassé le livre, il s'agissait des *Carnets du grand chemin* de Julien Gracq, un auteur que je ne connaissais pas et que je découvrirai par son roman *Le Rivage des Syrtes*, trouvé dans notre bibliothèque à côté de ses *Entretiens*. Une recherche rapide m'apprendra que son pseudonyme – l'auteur s'appelait Louis Poirier, un nom moins « littéraire » – lui est venu du personnage principal du roman *Le Rouge et le Noir* de Stendhal, Julien Sorel, et de son admiration pour les frères Tiberius et Caius Gracchus, hommes d'État romains du deuxième siècle avant notre ère.

Rêveuse, je me suis mise à m'imaginer des noms de plume même si je n'avais jamais écrit une ligne de fiction de ma vie, et mon choix s'est arrêté sur Frida Rostov… et je vous laisse deviner pourquoi.

Cet espoir que nous avons tous d'être compris, rassurés, consolés par la nature, l'angoisse crée un vide que la nature remplit, fertilise.
Marie-Claire Blais

Il n'y a d'orage qu'entre deux éclaircies, selon le dicton – à moins que ce ne soit moi qui vienne d'inventer la formule. La version pessimiste veut qu'il n'y ait d'éclaircie qu'entre deux orages, mais bon. Tout ça pour dire que mon humeur avait regagné le versant positif de l'échelle permettant de l'évaluer, l'appétit. J'avais repris du poids, ma femme et moi avions recommencé à faire l'amour sur une base régulière, et le printemps s'annonçait des plus cléments.

L'image du petit enterré dans son trou venait encore hanter mon sommeil, le plus souvent sous la forme d'une sorte de zombi célébrant le Mardi gras, sa cagoule rongée par les mites, ses vêtements troués par les vers, ses mains décharnées, mais je m'accommodais tant bien que mal de ces assauts nocturnes, me rendormant rapidement après le sursaut.

Les jours de pluie, je m'asseyais devant la fenêtre et j'écrivais un journal dont la matière allait me servir d'aide-mémoire pour le récit que vous êtes en train de lire. Je tentais d'y rester au plus près de ce que j'avais vécu, biffant les fioritures et les tournures de phrases trop alambiquées. Souvent, mon esprit s'égarait dans des pensées plus sombres, et il m'arrivait de craindre une rechute dans les eaux noires de ma conscience. J'aurais voulu savoir ce à quoi j'avais mis fin en tuant cet homme. Il devait bien y avoir quelqu'un pour regretter sa disparition. Une mère, un frère, une sœur… Combien de personnes disparaissaient sans que nous n'en entendions parler dans les médias ? Et pourquoi le grand gardait-il le secret de mon geste ? Pour ne pas s'incriminer, oui, mais tout de même. Il avait perdu son complice, qui devait être un ami, un frère, qui sait ? Comment vivait-il cette déchirure qui nous rendait congénères malgré nous ?

La plupart du temps, je me posais ce type de questions pendant de longues minutes avant de revenir à mon texte, déboussolé et bon à rien. Je rangeais mon stylo et mes feuilles de papier dans la commode et me servais du thé en regardant ma femme s'activer sur le terrain malgré le mauvais temps.

Elle avait planté un amélanchier derrière le foyer extérieur, puis une haie de vignes qui allaient s'accrocher aux treillis de métal en forme d'ogives trouvés en solde à la quincaillerie du village. Elle avait marqué d'un ruban orange les arbres qu'elle voulait me voir couper pour aérer le terrain, des pins pour la plupart, que l'hiver avait de toute manière malmenés.

Abattre un arbre, tuer un homme, question de mesure ? Je me suis rappelé que si, pendant mes études de philosophie, au début de la vingtaine, on m'avait annoncé que mon frère était mort, je me serais sans doute dit que c'était dans l'ordre des choses, que les humains naissent et meurent à leur heure et qu'il n'y avait rien là d'extraordinaire.

Aujourd'hui, cet étudiant que j'ai été me fait peur, et je le redoute davantage que le retour de la dépression.

Je me posais moi aussi la question: pourquoi le grand était-il demeuré silencieux et n'avait-il pas lancé les policiers à nos trousses de manière anonyme? Quelque chose dans ce comportement m'échappait, bien que je n'aurais pas voulu que les choses se déroulent autrement.

Antoine s'était remis à écrire, et je savais qu'il avait besoin de coucher sur papier ce que nous avions vécu pour s'en soulager. Le caractère thérapeutique de toute écriture n'était plus à démontrer, même pour les écrivains qui en contestaient l'existence – peut-être même davantage chez ceux-ci. Je le laissais tranquille, m'occupant du terrain, plantant là de nouveaux arbres pour en éliminer d'autres un peu plus loin. Laissée à elle-même, la nature s'impose, remplit les vides de sa diversité, fougères, pins, thuyas, épinettes, fleurs sauvages, érables et bouleaux, rouges ou jaunes… Je ne me suis jamais sentie capable de la domestiquer. J'en ai donc fait ma complice dans l'aménagement de l'espace qu'un titre de propriété m'avait permis d'occuper. J'y avais dessiné des percées de soleil entre des zones d'ombres rafraîchissantes, y avais tracé des sentiers en coupant les branches basses des arbres les plus imposants, avais rasé les arbustes derrière le foyer pour y planter un amélanchier qui depuis me souriait de ses belles feuilles d'adolescent.

Fille du fleuve, mais aussi de la terre rouge de mon île, je me sentais dans mon élément au milieu de cette forêt, malgré les moustiques parfois voraces. L'odeur du bois mouillé et de la terre gorgée d'eau, le vent dans les branches aux feuilles renaissantes, les oiseaux dans les mangeoires, Georges l'écureuil, voleur arrogant… Mon petit univers me comblait d'une joie intime, silencieuse, constamment menacée par ce qui pourrait advenir de nous si la vérité venait à éclater.

Chaque fois que je m'approchais de la fosse où nous avions enterré le petit, un frisson d'effroi me faisait vaciller. Appuyée sur un arbre, je fermais les yeux en essayant de me convaincre de mon innocence. Là aussi, la nature reprenait ses droits, recouvrant le sol d'herbe et de pousses diverses. Un pin y avait même fait des petits. Dans quelques années, rien ne distinguerait la fosse du reste de la forêt, et cette histoire s'éteindrait avec nous pour l'éternité.

Nos émotions sont dans nos mots
comme des oiseaux empaillés.
Henry de Montherlant

Lorsque je me suis levé, ce matin-là, je n'ai trouvé ma femme nulle part dans la maison ni autour des plates-bandes qu'elle avait l'habitude d'entretenir aux premières heures du jour. Je me suis habillé et suis sorti. Le soleil de juin, encore bas, dessinait des ombres sur la pelouse – je dis pelouse pour faire chic, mais il s'agissait plutôt d'un mélange de mousse et d'îlots de gazon épars. Puis je l'ai aperçue, assise sur le quai en contrebas, les pieds dans l'eau froide de la rivière. Appuyée sur ses bras tendus près de ses hanches, elle offrait son visage au soleil, les yeux fermés, et je n'arrivais pas à voir s'il s'agissait pour elle d'un moment de détente ou si quelque chose la préoccupait. Le quai devenait son refuge lorsqu'elle avait besoin de se retirer pour faire le point sur une question ou sur une autre.

J'ai marché vers elle, cassant du pied une branche morte pour m'annoncer. Elle a ouvert les yeux, a tourné la tête et m'a regardé m'approcher. Il y avait dans son sourire la trace d'une certaine fatigue, ce qui m'a inquiété.

– Ça va ? ai-je demandé en m'asseyant près d'elle.

– Ça va, a-t-elle répondu avant de reporter son attention sur la rivière, où des bébés poissons flirtaient avec le courant. Tu sais quel jour on est ?

J'ai réfléchi un moment.

– Mardi.

– Mardi, c'est ça…

Puis elle s'est tournée de nouveau vers moi.

– Ça fait un an aujourd'hui, Antoine.

Je suis resté figé un moment, statufié par l'information, mais surtout par le regard que ma femme posait sur moi. J'y ai décelé tant d'amertume que je me suis senti du coup vidé de moi-même.

Je lui ai dit que j'étais désolé, incapable de trouver un mot plus juste pour exprimer le sentiment de honte qui venait de nouveau m'accabler, la honte d'avoir tué un homme, mais aussi celle d'obliger ma femme à vivre avec ce fardeau qui, je le constatais encore une fois, n'avait de cesse de lui peser.

Je me suis étendu sur le quai et j'ai regardé le ciel d'un bleu uni coupé par le trait lointain d'un avion, deux lignes parallèles qui finissaient par n'en former qu'une seule, qui elle-même s'évaporait lentement.

Après un moment, ma femme s'est levée et elle a remonté le sentier vers la maison. Je l'ai suivie du regard, me suis accroché à son corps qui disparaissait entre les branchages, lui ai répété mes excuses dans un murmure avalé par le vent.

Ne me restait pour me consoler que la petite musique de la rivière aux notes lancinantes de beauté, et le couinement saccadé d'une sittelle.

Les lignettes. C'est ainsi que les vieux appelaient les pièges dont ils se servaient pour chasser les oiseaux blancs sur les battures de l'île quand j'étais petite. Il s'agissait d'un cadre de frêne sur lequel on alignait des nœuds coulants faits de crin de cheval. Les chasseurs déposaient le piège sur la neige et y lançaient des graines pour que les bruants des neiges viennent s'y emmêler. Il y en avait des centaines – insensibles aux lois de l'évolution des espèces qui leur aurait fait voir le danger –, que les vieux attrapaient d'une main pour leur casser le cou de l'autre avant de les enfourner dans un sac de jute.

Enfant, je trouvais ça cruel et injuste pour ces oiseaux qui n'avaient fait de mal à personne. Aujourd'hui, après avoir vu les films de Pierre Perreault et compris les épreuves que mon peuple avait surmontées pour survivre, je pose un regard plus nuancé sur la sauvagerie de nos ancêtres.

Peuple, ancêtres... En les employant, je crains que ces mots aient perdu de leur pertinence à notre époque où chacun vit sous la dictature de l'instant présent, sans intérêt pour le passé ni souci pour l'avenir.

Je me souviens très bien de ce matin où Antoine est venu me rejoindre sur le quai. Il avait compris que je lui en voulais secrètement – et bien malgré moi – de nous avoir fait connaître la duperie et le mensonge de manière si intime. Tout aurait été si simple s'il n'avait pas abattu ce garçon. Nous aurions porté plainte à la police, aurions contacté nos assurances et nous serions remis de nos émotions après quelques jours d'angoisse et de nervosité.

Je vivais, comme lui sans doute, la déchirure constante de l'inadéquation entre l'image que je me faisais de moi-même – une femme bonne, empathique, qui ne souhaite le malheur de personne – et les actes que j'avais commis l'année précédente – complicité pour meurtre, outrage à un cadavre et je ne sais quoi encore que la justice pourrait me reprocher.

Il arrivait que la rage et l'amertume m'empêchent d'assumer pour un temps le rôle de femme forte et résiliente que je m'efforçais de défendre jour après jour devant

Antoine pour qu'il se maintienne à flot et ne retombe pas dans les ténèbres. Je m'éloignais, sur le quai ou ailleurs, pour recouvrer mes esprits et me convaincre que le temps allait faire son œuvre et me soulager lentement de mes tourments. Or, il m'apparaissait parfois que je m'alourdissais davantage, semaine après semaine, et que j'allais bientôt m'écraser sans parvenir à me relever. Et je savais Antoine trop faible pour prendre le relais, le voyais plutôt s'étendre près de moi pour que nous mourions ensemble, enfin libres.

Le désespoir suppose un minimum de répit.

Michel Tournier

Dans les jours qui ont suivi, alors que mon moral coulait à pic, j'ai eu droit à un sursis. Ma femme avait retrouvé sa joie de vivre, et son enthousiasme a fini par me contaminer. Nous avons réactivé un vieux projet, celui d'aménager une terrasse au bord de la rivière, en avons dessiné les plans, sommes allés acheter les matériaux à la quincaillerie du village et y avons loué une génératrice pour pouvoir y brancher nos outils.

Il n'y a rien comme le travail manuel pour éloigner la mélancolie. Après avoir déterminé l'emplacement idéal puis élagué et égalisé le terrain, nous avons cloué et vissé du bois pendant trois jours, minutieusement, sans nous presser, nous assurant que tout était à l'équerre et de niveau. Puis nous avons attendu que la pluie passe avant de peinturer notre plate-forme – couleur Mousse irlandaise n° 6122-84, pour qu'elle se fonde dans le paysage.

Le jour où nous y avons installé nos chaises Adirondack, nous avons ouvert une bouteille de cidre mousseux sans alcool et l'avons bue en multipliant les toasts – au travail bien fait, à la rivière, aux arbres et aux oiseaux, et à notre amour qui ne se tarissait pas malgré les épreuves. Nous nous sommes embrassés longuement, puis nous avons attendu que le soleil nous annonce l'heure du repas, que nous sommes allés prendre au restaurant du village, ce qui nous arrivait trois ou quatre fois par année.

La terrasse… Voilà ce que j'avais trouvé de mieux pour nous rasséréner. Nous y avons de fait consacré les jours les plus heureux de notre été, le travail manuel offrant à nos esprits troublés un répit salvateur.

Antoine rayonnait, son torse nu redessiné par son régime involontaire, maniant la scie et la perceuse sans trembler, sûr de lui. Heureux. Sa bonne humeur avait déteint sur moi, et pour un temps, nous avions retrouvé un peu de l'innocence de nos belles années. Un proverbe russe que mon grand-père citait en français voulait qu'il n'y ait pas de bonheur si le malheur n'y avait pas aidé. J'avais pour ma part la conviction que le bonheur engendrait le bonheur, et qu'un trop grand malheur pouvait nous éteindre à jamais.

Ce soir-là, au restaurant, je me suis sentie bien, sereine. Sans doute était-ce la fatigue qui me ramollissait ainsi, car rien n'avait changé de notre situation. Antoine semblait fier de lui, davantage peut-être que pour toute autre réalisation plus intellectuelle qu'il avait accomplie. Il parlera par la suite de SA terrasse comme de la huitième merveille du monde, alors que jamais je ne l'aurai vu éprouver autant d'enthousiasme à la sortie d'un livre ou la publication d'un article.

Nous sommes rentrés à la maison repus, avons regardé les étoiles un moment, étendus sur nos chaises longues, puis nous avons laissé la nuit saupoudrer dans nos cerveaux apaisés les rêves qui allaient nous mener au petit matin où, pieds nus dans la rosée, je suis descendue sur le quai avec mon café rejoindre les libellules et les truites mouchetées venues me saluer.

Une des grandes erreurs que l'on peut commettre est de croire que les bonnes manières ne sont que l'expression d'une pensée heureuse.

Bret Easton Ellis

J'avais gardé depuis ma jeunesse une aversion mêlée de colère pour les festivités de la fête nationale, car de la nation, nous n'avions qu'usurpé le nom. Encore aujourd'hui, j'ai du mal à m'expliquer la douleur que me cause le rejet par mon peuple de son autoproclamation comme entité sociale et politique distincte et légitime, comme si j'avais vécu dans mon corps le double hara-kiri qu'il s'est infligé en 80 et 95. Pourquoi ce rendez-vous manqué avec l'histoire provoquait-il encore chez moi autant de tristesse, comme si cela m'avait meurtri personnellement ? J'avais vécu tant de choses plus importantes, des drames dont je vous épargne les détails, et de grandes joies aussi, des événements dont je garde la trace et qui me définissent aujourd'hui. Or, le 24 juin, je porte le deuil comme un orphelin, et rien ne réussit à me réjouir tant il n'y a rien à célébrer.

Aussi avons-nous décliné l'invitation de Martin à venir passer la soirée chez lui pour l'occasion. Sa femme et lui rassemblaient leurs amis dans la cour arrière de leur maison autour du BBQ puis du feu de joie que le crépuscule allait allumer.

– Dommage, a dit Martin au téléphone quand je lui ai annoncé que nous ne viendrions pas. J'aurais aimé vous présenter le cousin de ma femme, celui qui est en dépression, pour que vous lui racontiez comment vous vous en êtes sorti.

J'ai eu un moment d'hésitation, puis je lui ai balancé une ineptie.

– Y a pas de recette, tu sais. Chacun y va avec ce qu'il a.

– Oui, bien sûr. Mais ma femme pense que ça lui aurait fait du bien de discuter avec quelqu'un qui est passé par là.

Je ne savais pas quoi répondre à cette demande, ne m'étais jamais vu comme pair aidant ou ce genre de truc. Je n'avais de conseils à donner à personne, ne me reconnaissais aucune compétence dans le domaine de la médecine ou de la psychologie. J'éprouvais de l'empathie pour ce type dont Martin m'avait parlé une ou deux fois, mais jamais assez pour m'impliquer davantage. Car pour tout vous dire, je craignais qu'une telle rencontre ne fasse ressurgir les démons dont je m'étais tant bien que mal débarrassé.

– Je comprends, ai-je balbutié. Peut-être une autre fois. Pour la Saint-Jean, nous allons chez notre fils, dans les Cantons-de-l'Est.

Un mensonge, notre fils sillonnant tout l'été avec sa femme les eaux turquoise du golfe Saronique à bord d'un voilier de location.

Martin a abdiqué et nous a souhaité un bon séjour avant de raccrocher.

Quand j'ai livré le compte rendu de cette conversation à ma femme, elle n'a pas levé les yeux de son jardin.

– Quand j'y pense, j'y serais bien allée, moi, à cette fête. Je l'aime bien, ce garçon, et sa femme est charmante.

Vous dire si sa remarque m'a surpris ! Elle avait conservé de sa jeunesse d'insulaire ce côté sauvage et indépendant dont je ne l'avais vue se défaire qu'en de rares occasions – entre autres, lors de la fête organisée par mes étudiants. Mais par-dessus tout, elle détestait les rassemblements à connotation politique, posant sur notre histoire un regard encore plus cynique que le mien.

J'ai attendu qu'elle lève les yeux sur moi pour lui signifier mon incrédulité.

– Tu veux aller célébrer la Saint-Jean dans la cour arrière du *bungalow* de Martin ? Vraiment ?

Elle m'a fixé, puis elle a souri d'une drôle de manière.

– Non... bien sûr que non.

Puis elle s'est remise à bêcher la terre de son terrain de jeu en me demandant d'aller lui chercher de l'eau à la rivière.

J'avais besoin de m'aérer l'esprit, et cette sortie chez Martin m'aurait permis de respirer un air différent. Ma frustration qu'Antoine ait décliné l'invitation sans m'en parler ne manquait pas de m'étonner, car il avait eu raison de croire que cette sortie n'allait pas m'intéresser. Ma nature un brin misanthrope me gardait éloignée de ce type de réjouissances. Je ne me cherchais pas de nouveaux amis, exécrais les discussions de salon, avais des opinions trop tranchées pour susciter l'adhésion, parvenais facilement à me fâcher avec les importuns, entretenais mon sens de la répartie pour allumer des feux, les discussions « entre filles » me donnaient de l'urticaire, tout comme les blagues salaces des garçons. Seuls les enfants trouvaient grâce à mes yeux, ce qui me désolait autant que cela me réconfortait, y voyant la confirmation de mon inadéquation avec mes semblables.

Mais ce jour-là, j'en ai voulu à mon mari de ne pas avoir deviné que j'avais besoin de bouger, sortir de mon territoire, me frotter aux autres pour me sentir vivante, même mal à mon aise. Je ne voulais pas finir ainsi, repliée sur moi-même, cachée dans mon trou, morte avant l'heure, proscrite et honteuse d'un crime que je n'avais pas commis, mais dont j'avais assumé les conséquences.

La crainte, toujours présente, de ne jamais m'en remettre, de ne plus pouvoir regarder mes enfants en face, de me voir autre, à jamais déphasée. Cherchant des repères que j'aurais moi-même effacés, marchant dans le noir plus noir encore qu'une nuit sans lune, sans lumière frontale, sans bâton pour me guider, sans Antoine à mes côtés. Je crie son nom dans la nuit sans écho, enfermée en moi-même, inaccessible aux autres. Je sais qu'il me cherche, qu'il appelle à l'aide lui aussi, prisonnier du geste qu'il a posé, irréversible et irrévocable, définitif.

Je serais allée chez Martin pour la fête nationale, me serais comportée convenablement, aimable, avenante avec tout le monde, complimentant les filles pour leurs tenues, alignant une ou deux anecdotes et quelques souvenirs de voyages, riant et chantant autour du feu et ramassant les bouteilles vides à la fin de la soirée.

Ils m'auraient tous trouvée charmante et attentionnée, amicale et maternelle, et je serais rentrée chez moi avec une image positive de moi-même, ce qui pour un temps m'aurait satisfaite.

> De toutes les menaces qui pèsent sur nous, la plus redoutable, nous le savons, la seule réelle, c'est nous-mêmes.
>
> René Girard

Juillet était venu sans s'annoncer, ne nous offrant ni grandes chaleurs ni pluies diluviennes. Que des journées tempérées que venaient clore des soirées un peu fraîches. Après le repas du soir, nous allions marcher dans les sentiers de la montagne voisine où il nous arrivait de croiser des bestioles, lièvres à poil gris, marmottes ou ratons laveurs. Un soir, au faîte d'un escarpement, nous sommes tombés nez à nez avec un chevreuil aussi surpris que nous de cette rencontre inattendue. Il nous a fixés une seconde avant de déguerpir en bondissant dans la forêt.

Ce soir-là, alors que nous rentrions de notre escapade, nous avons trouvé Martin assis dans la balancelle extérieure avec un homme que nous n'avions jamais rencontré. J'ai tout de suite deviné à sa mine déconfite qu'il s'agissait du cousin de sa femme.

En nous voyant arriver, Martin s'est levé, mais le cousin est resté assis, les bras croisés, le regard fuyant sous sa casquette noire. Martin nous a serré la main, puis il s'est approché davantage pour murmurer.

– Il est franchement mal en point. Il a perdu trente kilos depuis l'automne dernier. Ma femme et moi, on apprécierait si vous pouviez lui parler, a-t-il ajouté en tournant la tête vers moi.

Je me suis impatienté.

– Qu'est-ce que tu veux que je lui dise ? Je suis pas thérapeute.

– Je sais pas, tentez quelque chose, n'importe quoi. Nous, on a tout essayé.

Ma femme m'a souri, puis elle a pris le bras de Martin pour l'attirer vers la maison. Je suis resté planté là, au centre du terrain, les mains dans les poches pendant que l'autre faisait comme si je n'existais pas. Au bout d'un moment, je me suis approché de la balancelle et je me suis présenté.

– Je m'appelle Antoine.

Il n'a pas bronché si ce n'est sa jambe gauche qui s'est mise à trembler.

– Je suis un ami de Martin, ai-je ajouté pour dire quelque chose. En fait, c'était mon étudiant, mais avec le temps, c'est devenu un ami. J'imagine qu'il vous a déjà raconté tout ça.

Toujours pas de réaction.

– Je peux m'asseoir ?

Sans attendre son approbation, j'ai pris place près de lui et ajusté ma veste.

– Belle soirée, non ?

Je suis resté silencieux devant son mutisme persistant jusqu'à ce qu'il se décide enfin à relever la tête. Il m'a regardé de manière insistante, sans cligner des yeux, et c'est à ce moment que j'ai perdu pied. Car je venais de reconnaître ce regard que j'avais vu un an plus tôt à travers les ouvertures d'une cagoule. J'étais assis à côté de l'homme qui avait frappé ma femme avec un bâton de baseball, celui qui s'était enfui avec notre argent en laissant derrière lui son complice agonisant.

J'ai froncé les sourcils pour lui montrer que j'avais compris qui il était, et je me suis relevé tout doucement, sur mes gardes. J'étais convaincu qu'il était là pour venger la mort du petit et qu'il allait sortir un couteau de sa poche pour me percer la peau. Mais j'étais prêt à me défendre, à faire basculer la balancelle et à me jeter sur lui. Je n'attendais qu'un geste de sa part pour me lancer, mais il demeurait immobile, les bras croisés, et de son œil droit coulait maintenant une larme.

Perplexe, je ne savais plus si je devais appeler à l'aide, lui sauter dessus ou m'enfuir. Sa lèvre inférieure tremblait, de la morve s'était mise à couler de son nez, le sel de ses larmes lui rougissait les yeux.

– On a bien merdé, tous les deux, hein ?

J'ai dégluti, puis j'ai passé une main sur mon visage pour m'assurer que j'étais bien là à l'entendre me dire ça.

– Ça devait pas finir comme ça.

Je reconnaissais sa voix rauque, qui hantait mes cauchemars depuis des mois. Il a hoché la tête.

– Rasseyez-vous, c'est sans danger, je suis un homme fini, sans haine, sans force, sans vie.

J'ai hésité, puis je me suis rassis en ne le quittant jamais des yeux. Même ramassé sur lui-même, son corps large m'intimidait.

– Pourquoi t'es là alors ? ai-je demandé pour voir où cela allait nous mener.

Il a respiré un bon coup, puis il a sorti un paquet de cigarettes de la poche de sa veste.

– Je peux ?

J'ai acquiescé d'un signe de tête. Il a coincé un tube de tabac entre ses lèvres et a gratté une allumette. J'ai aimé l'odeur du soufre, puis celle de sa première bouffée.

– Je sais pas, sans doute parce qu'y a qu'à vous que je peux m'ouvrir sur ce qui m'arrive. Les autres comprendraient pas.

Je me suis calé contre le dossier de la balancelle.

– Martin est au courant ?

– Non, j'ai parlé de ça à personne. Y a que vous et moi… et votre femme.

Cela m'a soulagé, même si je n'arrivais pas à me faire à l'idée que j'étais en train de discuter tout doucement avec ce type par qui le malheur était arrivé.

– Tu peux pas t'imaginer comme je t'en veux d'avoir bousillé nos vies.

– Je comprends, a-t-il répondu, simplement. Ça devait pas se passer comme ça, a-t-il répété machinalement.

– Tu l'as frappée, merde ! Une pauvre femme sans défense qui t'avait rien fait. Tu l'as frappée sur la tête. T'aurais pu la tuer.

– Vous avez raison, a-t-il dit sans émotion.

– Bien sûr que j'ai raison, tu mérites pas que je t'adresse la parole, t'es qu'un pauvre type, un voleur, un violent…

– Oui, j'étais tout ça. Plus maintenant.

– Ah non ? Tu vas me dire que tu fais du bénévolat au centre pour personnes âgées peut-être ?

Il a souri, à peine.

– Je vous comprends de me détester. Et je comprends aussi que vous êtes pas fier de ce que vous avez fait.

– De ce que j'ai fait, qu'est-ce que j'ai fait ?

– Vous avez tué mon ami.

– Ton ami, quel ami ?

– Celui qui était avec moi.

– J'ai tué personne.

Il a tourné la tête vers moi.

– Je l'ai vu mourir, c'est moi qui lui ai fermé les yeux.

Il n'était pas question que je lui avoue quoi que ce soit. Peut-être portait-il un enregistreur qu'il irait déposer à la police en partant de chez moi.

– La seule chose que je sais, c'est que tu as frappé ma femme et que toi et ton copain, vous nous avez volé notre argent.

Il a ri tristement.

– Pourquoi vous avez jamais porté plainte à la police ?

Je me suis renfrogné.

– Ça te regarde pas.

– C'est comme vous voulez. Maintenant que vous savez qui je suis, vous allez me dénoncer ?

– C'est ce que tu souhaites ?

Ma question l'a surpris.

– Je sais pas. On dit qu'il faut expier nos péchés pour s'en libérer. C'est pas ce que vous croyez ?

J'ai laissé sa question rouler dans mon esprit. J'aurais voulu qu'il se lève et qu'il s'en aille pour ne pas avoir à vivre le déchirement qu'il m'imposait. Je me rejouais la scène de la découverte du corps inerte du petit, masse de chair flasque à jamais inanimée, puis celle de son enterrement dans la fosse que nous avions creusée au bout du terrain, ma femme et moi, puis encore toutes ces nuits à dormir d'un seul œil, fourbu de honte et de la crainte qu'on me jette en prison. J'avais soixante-huit ans, l'âge des jours tranquilles et des soucis de santé.

– Matteo Donato, a dit le grand en fixant le vide devant lui. Il s'appelait Matteo Donato. Son père et sa mère avaient immigré au Canada au début des années soixante-dix. Il n'avait ni frère ni sœur, et ses parents sont décédés il y a trois ans, dans la même année, lui du cancer, et elle de chagrin.

Je ne savais pas comment recevoir ces informations, qu'il me livrait sur un ton monotone, sans émotion, sa cigarette se consumant toute seule entre ses doigts. Le petit avait un nom, mais j'aurais préféré ne jamais le connaître, qu'il demeure anonyme, sans histoire et sans identité. Il était dans l'ordre des choses qu'il soit apparu dans ma vie sans passé puisqu'il n'avait plus d'avenir. Aussi ne l'avais-je imaginé que furtif, fugace, insaisissable. Une étoile filante qui déchire le ciel puis disparaît aussitôt. Elle aurait pu apparaître ailleurs ou à quelqu'un d'autre, mais c'était tombé sur nous.

J'ai levé les yeux au ciel, qui s'était obscurci rapidement, puis je me suis surpris à souhaiter que tout s'arrête là pour moi. Je me suis imaginé tomber de la balancelle, frappé par un infarctus fulgurant, impitoyable, irréparable. Fermer les livres en laissant aux autres le soin de faire le compte des actifs et des passifs de ma petite entreprise.

– Martin et votre femme vont s'inquiéter, a murmuré le grand avant de se lever.

Il devait mesurer un mètre quatre-vingts, peut-être davantage. Il a écrasé sa cigarette sous son pied, puis il a du regard étudié le terrain.

– Je vais revenir bientôt, a-t-il ajouté, et on va faire les choses correctement.

Je ne savais pas si je devais prendre ça pour une menace, ou s'il s'agissait pour lui de me dire que nous allions reprendre cette discussion. Il a souri, et j'ai cru un moment qu'il allait me tendre la main. Il l'a plutôt enfournée dans sa veste et s'est dirigé sans se presser vers la voiture de Martin. Je suis resté assis dans la balancelle, sans énergie, secoué d'un sursaut lorsque le grand a appuyé sur le klaxon pour appeler Martin, qui m'a salué de la main en sortant de la maison avant de rejoindre le cousin de sa femme. La voiture a reculé jusqu'à la route, puis j'ai regardé les points rouges de ses phares arrière disparaître entre les arbres.

Au bout d'un moment, ma femme m'a rejoint, les bras croisés sur sa veste de laine. Elle s'est assise près de moi et a appuyé sa tête sur mon épaule.

– C'était lui, n'est-ce pas ?

Je me suis dégagé et j'ai braqué mes yeux sur elle. Comment avait-elle pu deviner ?

– J'oublierai jamais son odeur, a-t-elle dit.

Il est vrai que ses vêtements dégageaient un effluve particulier, mélange de muguet et de bois de cèdre.

– *Cerruti 1881*, a ajouté ma femme. C'est un parfum italien. Il y a deux mois, j'ai failli perdre connaissance en croisant un vieil homme à la pharmacie qui venait d'en acheter un flacon après en avoir fait l'essai. J'ai demandé à la préposée aux cosmétiques de quel parfum il s'agissait, et puis voilà.

Je lui ai résumé notre conversation, sans lui cacher mon inquiétude pour la suite des choses. Elle s'est redressée, puis elle s'est levée en me tendant la main.

– Allez, viens ! On rentre.

J'ai pris sa main, impressionné encore une fois par sa force de caractère, comme si rien ne pouvait l'atteindre. Je me suis levé à mon tour et me suis appuyé sur elle avec la conviction que tout s'effondrerait si elle n'était pas là.

Il était revenu, le salaud. Pour nous narguer et nous intimider. Jouant le timide et le dépressif. Dans une autre vie, je l'aurais fait disparaître lui aussi. Aussitôt, cette pensée a exacerbé mon sentiment de culpabilité.

J'enrageais qu'il ait un lien avec Martin, chez qui il avait sans doute pris ses renseignements nous concernant.

Son apparition a réveillé en moi une forme particulière d'instinct de survie. J'avais interprété sa visite comme une déclaration de guerre, et j'étais prête à me battre, subtilement, sans coups d'éclat, à petit feu.

Pour l'heure, je devais ménager Antoine en minimisant la portée des menaces à peine voilées que le grand avait proférées. Ce type était visiblement dérangé, à peine capable de mettre un pied devant l'autre. Nous devions demeurer sur nos gardes, sans toutefois céder à la panique.

Il allait revenir ? Grand bien lui fasse ! Nous allions l'accueillir sans honneur, mais sans animosité apparente, prêts à le faire tomber pour de bon s'il le fallait. Comment ? J'y réfléchissais…

> Le rôle de la douleur, des déceptions et des idées noires n'est pas de nous aigrir, de nous faire perdre nos valeurs et notre dignité, mais de nous mûrir et de nous purifier.
>
> Hermann Hesse

Pendant que Matteo Donato finissait de se décomposer au bout de notre terrain, le mois d'août se prenait pour un mois de juillet du sud de l'Europe avec ses températures quotidiennes au-dessus des trente degrés, le soleil desséchant les plaines et les forêts de tout l'est de l'Amérique du Nord.

J'éprouvais toujours autant de difficulté à m'endormir, et passais mes nuits à tourner dans mon lit en mouillant les draps de ma sueur.

Nous avions imaginé une routine, ma femme et moi, pour que cette canicule ne nous affaiblisse pas trop. Nous commencions notre journée par du travail dans le jardin et sur le terrain avant que le soleil ne tape trop fort. Puis nous montions dans nos kayaks et nous laissions glisser jusqu'au lac sur le faible courant de la rivière. Après un détour par la chute au Loup, de coutume impressionnante mais devenue filet d'eau, nous gagnions la plage sauvage où nous nous baignions pour nous rafraîchir, après quoi nous rentrions à la maison pour nous y concocter un repas léger, parfois quelques fruits, sans plus. Ensuite, installés à l'ombre dans nos hamacs, nous nous offrions une sieste, qui pouvait s'étirer jusqu'à quatorze heures quand nous avions moins bien dormi. En après-midi, nous enfourchions nos vélos pour monter à la plage du centre de vacances. Quand elle n'était pas trop achalandée, nous plantions notre parasol dans le sable chaud, allions nous saucer, puis revenions à l'ombre lire ou relaxer jusqu'à l'heure de l'apéro, que nous prenions sur la terrasse érigée au bord de la rivière.

Une vie simple, dont nous aurions pu profiter sans nous soucier de rien si ces deux idiots ne s'étaient pas présentés chez nous un an plus tôt.

Le grand n'était pas revenu – Martin m'avait remercié de lui avoir parlé, car le cousin de sa femme semblait reprendre des forces depuis qu'il nous l'avait emmené, mais je ne savais pas si nous devions nous en réjouir ou nous en inquiéter.

Mes craintes de voir le grand se pointer de nouveau s'étaient transformées en colère, et je devais combattre mes élans de vengeance quand mon esprit se mettait à imaginer des manières de mettre fin à son chantage. Car pour tout vous dire, je l'aurais bien enterré à côté de son complice pour que ce cirque s'arrête enfin.

Sous l'insistance de ma femme, j'avais verrouillé ma .410 dans une armoire de sécurité, et lui avais remis la clé et les munitions, qu'elle avait dissimulées quelque part sans m'en parler. Bien sûr, j'avais pris soin de planquer quelques balles et un double de la clé dans la remise pour parer aux urgences, et aux jours les plus sombres, j'arrivais à m'imaginer les utiliser pour me débarrasser du grand. Le drame, c'est que cette éventualité me faisait de moins en moins peur, comme si le fait d'avoir assassiné le petit avait ouvert une porte que je n'hésiterais pas à franchir de nouveau si notre vie devait en dépendre. Je savais ces pensées néfastes, immorales, voire abjectes, mais il m'était devenu impossible de les réprimer.

Je n'aurais jamais osé m'en confesser à ma femme, dont l'esprit avait réussi à conserver son équilibre, du moins pour ce que j'en savais. Je tenais à ce qu'elle garde de moi l'image d'un homme bon, sans malice, capable de pardonner, aux autres et à lui-même. Si le grand se pointait de nouveau, nous allions l'accueillir et l'écouter, empathiques et bienveillants. Car nous étions tous les trois unis pour toujours par les liens du péché dans le grand désordre de nos vies, fracassées par la détonation de ma carabine dans la nuit la plus sombre de notre existence. Mais si jamais il tentait quelque chose pour nous nuire, je lui réserverais une réponse à sa mesure.

Je me rends compte en lisant cela que nous étions davantage en phase que je ne le croyais, mon mari et moi. Car je vivais moi aussi avec le dilemme de me savoir capable du meilleur comme du pire si jamais le grand avait cherché à nous faire des misères.

Je ne vous dis pas l'effet que cela produit de se découvrir ainsi détachée de toute emprise morale, convaincue que sa vie est de toute manière derrière soi. Dans mes fantasmes les plus tordus, je me voyais très bien appuyer la crosse de la .410 contre mon épaule pour pulvériser, sans trembler, la tête de ce voyou, grand dadais flasque et lâche. Et de lui en mettre une deuxième dans la poitrine, à bout portant, pour la route. Salut, salaud! Bon voyage en enfer! Moi qui n'avais jamais frappé personne, pas même une giflette à mes enfants quand ils l'auraient peut-être mérité, je m'imaginais sans peine traîner le cadavre du grand jusque dans la fosse du petit, bénissant leur union de mes crachats.

Ces pensées sauvages ne manquaient pas de m'inquiéter, car je sentais que je perdais lentement l'équilibre, pour employer le mot de mon mari, et que si je ne les freinais pas, j'allais tomber du côté obscur de l'existence et offrir à mes enfants l'héritage de mes abjections.

Aussi me suis-je ressaisie, réprimant ma colère et mes accès de violence – même si ceux-ci ne s'exprimaient que dans mes pensées secrètes. Je me suis mise au yoga – rien de sérieux, qu'une série d'exercices plus ou moins improvisés par lesquels je tentais de réguler ma respiration. Il m'est même arrivé, moi qui n'ai jamais souscrit à ce genre de sornettes, de me coller à un arbre pour en sentir les vibrations… et la rugosité. Je parlais aux oiseaux, mais aussi aux plantes, bienveillante à leur égard comme si j'en avais la garde. Je m'adressais aussi à mon père, Alexandre Broussilovski, chauffeur de van devant l'éternel, en lui souhaitant d'avoir retrouvé son Dieu, et en lui demandant, si c'était le cas, d'intercéder pour moi pour que je ne commette pas de geste irréparable quand le grand allait se pointer de nouveau chez nous.

Pour être tout à fait franche, je me serais bien arrêtée là, n'eussent été Antoine et les enfants, le canon de la .410 pointé vers le ciel entre mes seins, maîtresse de ma destinée. Pourtant, jamais je n'avais souhaité mourir auparavant, même aux jours les plus sombres de ma petite existence. Cette pensée me faisait peur, pas tant pour ce qui allait advenir de moi par la suite, mais pour ce qui allait rester de moi ici-bas – mon corps mutilé de femme faible, alors que toute ma vie, je m'étais battue pour préserver ma dignité et mon autonomie.

> Les sacrifices que l'on fait, les arrangements avec l'existence ne tendent qu'à ce but : se donner du temps.
>
> Madeleine Chapsal

C'était un lundi, début septembre, jour de la fête du Travail, dernière journée officielle de l'été pour les travailleurs et les écoliers. Nous avions vu passer bon nombre de familles sur la route du camp de vacances, à pied ou à vélos, nous réjouissant qu'elles aient accès au lac alors que tous les autres autour avaient été privatisés.

Nous avions remonté la rivière en kayaks jusqu'au marais de la décharge, y avions vu des pluviers, des parulines – que ma femme appelait des fauvettes –, des bruants et quelques chardonnerets, ainsi qu'un couple de colverts.

De retour à la maison, nous avions entamé la peinture de la remise – nous l'entendions nous remercier à chaque coup de pinceau – lorsqu'il s'est présenté dans l'allée au volant d'une Toyota Corolla d'un autre siècle.

Au son du moteur, nous nous sommes retournés et l'avons vu descendre de son amas de rouille. Il avait repris du poids, et son regard perçait sous sa casquette.

J'ai déposé mon pinceau sur le gallon ouvert et me suis essuyé les mains dans un chiffon en avançant vers lui. Ma femme répétait mon nom pour me calmer, mais j'étais bien décidé à prendre les devants.

– Qu'est-ce que tu viens faire ici, mon grand ? Je me souviens pas t'avoir invité.

Il a approché de quelques pas, ma remarque semblant l'amuser.

– Faut pas jouer à ça avec moi, monsieur Béraud. Salut, madame ! a-t-il ajouté en secouant la main au-dessus de son épaule.

Je ne l'ai pas quitté des yeux.

– C'est une propriété privée, rentre chez toi.

Il a retiré sa casquette et s'est gratté la tête.

– Vous énervez pas, je serai pas long. Je viens pour prendre des arrangements.

– Quels arrangements ?

– Des arrangements... pour la cérémonie.

J'ai entendu ma femme s'approcher derrière moi, mais je ne voulais pas tourner le dos à notre visiteur.

– De quoi tu parles, le grand ?

Ma femme a posé une main sur mon épaule, puis elle s'est plantée près de moi. Elle regardait le grand comme s'il s'agissait d'un ami.

– Je vous sers une bière, les garçons ?

Je l'ai toisée du coin de l'œil, incrédule.

– Installez-vous, a-t-elle dit en indiquant la table de jardin, je reviens dans deux minutes.

Nous l'avons regardée marcher vers la maison, puis le grand s'est assis à la table en y déposant sa casquette. Je suis resté debout, puis j'ai vu ma femme à la fenêtre qui m'a fait signe de poser mon postérieur sur une des trois chaises libres de l'ensemble de patio.

– Vous devriez prendre exemple sur elle, m'a lancé le grand, et arrêter de me voir comme un ennemi.

– Parce que t'es venu en ami ?

Ma question lui a tiré un sourire.

– Ami, je sais pas… En tout cas, associé pour ce qu'on va faire ensemble.

– Je ferai rien avec toi.

Il a sorti son paquet de cigarettes de la poche de sa chemise.

– Je peux ?

J'ai tourné la tête, à la recherche d'une distraction. Un nuage de fumée a caressé mon visage, puis ma femme a réapparu, trois bières à la main, et s'est assise avec nous.

Nous sommes demeurés silencieux un moment, chacun avalant sa première gorgée en évitant le regard des deux autres. Puis ma femme s'est lancée.

– Alors, de quoi s'agit-il ?

Le grand s'est avancé sur sa chaise et nous a étudiés un instant. Il avait le regard des gens médicamentés, les yeux vitreux, la pupille dilatée. Puis il a fixé ses mains jointes sur la table.

– Matteo était mon ami. En fait, c'était plus qu'un ami. C'était… On avait des projets ensemble, rien de très compliqué, mais on manquait d'argent, alors on s'est dit que… Martin m'avait parlé de vous, de qui vous étiez, que vous vous étiez installés dans la région on sait pas trop pourquoi, le retour à la nature ou quelque chose du genre.

Son regard n'avait pas quitté ses mains jointes, et sa jambe droite tremblait sous la table de verre translucide.

– Alors, on s'est dit que ce serait facile…

J'allais intervenir, mais ma femme a posé une main sur mon bras.

– Laisse-le poursuivre.

Il a tourné la tête une fraction de seconde pour la remercier.

– ... que ce serait facile de venir ici et de vous soutirer de l'argent.

Un long silence nous a donné l'occasion de prendre une autre gorgée. J'ai avec la mienne vidé la moitié de ma bouteille tellement la colère était en train de m'assécher. Je me voyais déjà entrer dans la maison sous prétexte d'aller me soulager, y prendre ma .410, passer par la forêt pour rejoindre discrètement la remise, insérer les balles dans mon arme et revenir éclater la cervelle de cet enfoiré.

– On avait jamais fait ça avant. Matteo avait déjà volé une voiture, adolescent, mais rien de plus grave. Même si on s'était convaincus que ce serait un jeu d'enfant, on s'est enfilé deux trois comprimés, du *speed* et je sais pas quoi d'autre. En arrivant ici, j'avais le cœur qui battait si fort que j'ai eu peur de m'écraser dans l'allée. J'étais prêt à tout défoncer, la porte, les armoires, votre voiture...

– La tête de ma femme, ai-je lancé.

Il a dégluti.

– Je suis désolé...

Puis il a levé les yeux vers ma femme.

– Je m'excuse de vous avoir fait mal, madame Béraud.

Elle est restée de glace un moment, puis elle a tourné vers moi son regard embué.

– Qu'est-ce que tu veux au juste ? ai-je demandé sans cacher mon impatience.

Il a levé les yeux, puis il a glissé son index sur son nez aquilin.

– Je veux savoir ce que vous avez fait de son corps. Pas pour vous dénoncer, non. Pour qu'on lui rende hommage, tous les trois.

J'ai bien vu, à ce moment, qu'il était un peu dérangé. Ses mains tremblaient autour de sa bouteille de bière, et son corps s'était alourdi. Il a tiré une bouffée de sa cigarette, puis l'a laissée tomber à ses pieds avant de l'écraser.

J'étais démuni devant ce qui nous arrivait, dépassé par cette conversation ahurissante, à la limite du burlesque, où pointaient tout de même la menace et le chantage.

Ma femme semblait réfléchir, immobile sur sa chaise, les yeux mi-clos. Après un moment, elle a tourné la tête vers le grand, puis elle lui a demandé de nous accorder quelques jours pour y penser. Il a souri, à demi satisfait.

– Tu veux que Matteo parte en paix, c'est ça? a-t-elle ajouté.

Il a hoché la tête, et ma femme a dit « c'est bon, reviens nous voir dans une semaine ».

Ils ont fait teinter leurs bouteilles pour clore ce marché duquel j'étais exclu, puis les ont vidées cul sec. Le grand a penché la tête vers moi en guise de salutation, puis il s'est levé, et nous l'avons vu regagner sa voiture du même pas nonchalant avec lequel il était venu. La Corolla a lancé un nuage de fumée noire dans l'atmosphère avant de reculer dans l'allée, puis de disparaître sur la route en direction du village.

Nous sommes restés là, ma femme et moi, assis à la table de l'ensemble de patio, à digérer ce qui venait de se passer, puis je lui ai demandé quel était son plan. Elle a cligné des yeux, s'est penchée vers moi.

– Gagner une semaine, en souhaitant qu'il lui arrive quelque chose d'assez grave pour qu'on le revoie plus jamais.

Elle s'est levée, a regagné le cabanon et s'est emparée de son pinceau pour terminer le travail que nous avions entamé un peu plus tôt. J'ai pour ma part senti le besoin d'aller me rafraîchir à la rivière avant de m'y remettre, avec l'espoir que l'eau froide libère mon esprit de la confusion dans laquelle l'avait plongé notre discussion avec le grand.

Le retour du grand ne m'a pas secouée autant que je ne le craignais. Comme si je m'étais faite à l'idée de sa réapparition.

J'étais plus inquiète de la réaction d'Antoine, qui l'a accueilli avec une agressivité déstabilisante, prêt à se mesurer à lui physiquement.

Pour désamorcer la crise, j'ai pris le contrôle de la situation et fait descendre la tension en les asseyant tous les deux autour de la table extérieure. À ce moment-là, j'étais prête à tout, et tapie derrière mes bonnes intentions, la guerrière en moi s'était éveillée et restait aux aguets.

Il était évident que le grand n'avait pas consommé que de la purée pour déjeuner. Il avait les yeux rouges et parlait d'une voix visqueuse, la bouche remplie de bave.

Quand il s'est excusé de m'avoir frappée, je m'en suis trouvée émue alors que j'aurais voulu lui fracasser la figure. Pauvre idiot ! C'est ce geste qui avait tout déclenché. Tu te serais retenu un peu et on n'en serait pas là aujourd'hui.

Il nous a parlé d'un hommage que nous allions tous les trois rendre à son copain – son amoureux ? cela n'était pas clair dans mon esprit. Il souhaitait que Matteo Donato repose en paix, et je devais trouver le moyen de le contenter pour en finir une fois pour toutes avec cette histoire. Aussi ai-je passé un accord avec le grand, sans consulter mon mari, qui me le reprochait déjà de son regard sévère. J'ai pensé qu'en pinçant la corde maternelle de ma mandoline, je saurais jouer ma partition de telle sorte que nous nous en sortirions sans trop de dommages.

Mais lorsqu'une fois le grand parti, Antoine m'a demandé ce que je foutais, je n'étais plus sûre de rien et lui ai répondu que j'avais voulu gagner du temps, sans plus.

Quelle est la valeur de cette vie dont les meilleurs moments nous apparaissent toujours comme des périodes d'évasion, de fuite de soi?
Gilles Archambault

Pendant les jours qui ont suivi, achevant nos travaux de peinture, nous avons discuté de ce que nous allions faire lorsque le grand allait revenir. Je ne vous cacherai pas que la situation nous épuisait moralement, comme si un vortex nous avait avalés et nous faisait tournoyer sans fin dans un univers parallèle.

Ma femme souhaitait que nous acceptions sa proposition et lui donnions ce qu'il semblait vouloir obtenir, soit une courte cérémonie funéraire, assortie d'une offrande pour témoigner de notre bonne foi et de notre compassion.

– Tu vois bien que ce type est cinglé. Alors, allons-y avec ça.

Le « ça » en question me répugnait au plus haut point, car il impliquait que nous ouvrions de nouveau la porte à nos démons. Mais comme je n'avais rien de plus génial à suggérer, je me suis laissé convaincre.

Aussi un soir avons-nous attendu que la nuit tombe avant de gagner le bout du terrain avec nos pelles et nos gallons d'essence. Nous avions enfilé nos imperméables, des gants de caoutchouc, nos bottes de pluie, et nous avions recouvert notre visage d'un masque contre les odeurs, guidés par la lumière frontale que nous utilisions pour nos marches de fin de soirée.

Une fois sur place, nous nous sommes consultés du regard une dernière fois avant de nous y mettre. Comme nous avions pris soin d'enterrer le petit assez profondément pour que rien ne ressurgisse à la première pluie ou à la fonte des neiges, nous avons travaillé fort avant que ma pelle ne bute finalement contre un os.

Plus nous creusions, plus l'odeur se faisait insistante malgré nos masques, que nous devions ajuster régulièrement. Le tissu des vêtements s'était dissous en partie dans la chair informe, et il ne restait plus, mis à part les os, que la veste de cuir, le ceinturon de métal et les bottes racornies pour témoigner du délit.

Une fois tout ça bien dégagé, ma femme s'est penchée et a fouillé la masse de terre visqueuse de ses doigts écartés.

– Qu'est-ce que tu fais ? me suis-je impatienté.

Sans me porter attention, elle s'est activée de plus belle jusqu'à ce qu'elle trouve ce qu'elle cherchait. Elle a brandi la montre du petit devant le faisceau de sa lampe frontale, puis l'a enfournée dans la poche de son imperméable. Je lui ai tendu la main pour l'aider à s'extirper du trou, puis nous avons aspergé les restes du petit d'une bonne giclée d'essence à laquelle nous avons mis le feu. Les flammes ont illuminé la forêt, et j'ai craint un moment qu'elles y mettent le feu. Mais le brasier s'est lentement résorbé pour consumer tout ce qui pouvait se consumer, fibres, restes de chair, cuir, plastique. Nous avons ajouté de l'essence deux ou trois fois pour que les os se dissolvent aussi, puis nous avons attendu que le feu s'éteigne de lui-même.

Alors que jaillissaient encore du trou quelques volutes de fumée grise, ma femme y est redescendue pour remplir de cendre la boîte de métal qu'elle avait emportée.

En deux heures, l'affaire était réglée. Nous avons remblayé, avons recouvert la terre de cocottes, de feuilles mortes et d'épines de pins, puis nous sommes rentrés à la maison, vannés.

Je ne sais pas, encore aujourd'hui, comment j'ai pu faire une chose pareille, détrousser un cadavre et y mettre le feu. J'avais l'impression d'assister à la scène de l'extérieur, coupée de mes émotions, méthodique et efficace, accomplissant les gestes appropriés l'un après l'autre. Je sentais Antoine plus fragile, même s'il ne s'est pas défilé, y mettant les efforts qu'il fallait sans jamais défaillir.

Je garderai de cette nuit des images que mon cerveau ne pourra jamais gommer. Le corps décomposé du petit, masse gluante et boursouflée – la description qu'en propose Antoine n'est pas tout à fait juste, comme s'il avait préféré voir un processus accompli là où les forces de la nature étaient encore en action. La main et le poignet qui se sont défaits lorsque j'en ai retiré la montre. La cagoule rongée de mites, la tête qu'elle enfermait quasi intacte…

Un moment, j'ai laissé mon esprit s'évader, me suis mise à penser à mes enfants quand ils étaient petits, les voyant courir au parc ou dans la ruelle, revivant les moments magiques de leurs premiers coups de pédale à vélo, la tristesse de ma fille – et la mienne – à son premier jour d'école, mon fils sur son trois-roues dans la cour arrière de l'appartement miteux que nous louions au centre de la ville… Puis le film de mes souvenirs m'a lancée sur les routes que nous avions foulées d'été en été, de la Gaspésie à la Côte-Nord, du Maine à la Floride, en voiture ou en Westfalia. Je me suis retrouvée sur un cap de la Nouvelle-Écosse avec notre chien Lubie, fidèle parmi les fidèles, à humer les effluves de la mer immense, et cette vision m'a permis de terminer la tâche que j'étais venue accomplir. En offrant une sépulture de feu au petit, je voulais aussi mettre le feu à ma vie tout entière, du moins à ce qu'elle était devenue depuis un an, pour enfin renaître de ce brasier dans une nouvelle peau. Je gardais espoir que tout cela soit un jour derrière nous pour que nous puissions finir notre vie paisiblement.

J'avais l'œil sur un chalet au bord du lac que le propriétaire, malade, allait bientôt mettre en vente. Rien de bien luxueux, mais avec une vue si impressionnante sur le plan d'eau et la montagne que je nous voyais y égrener lentement les jours paisibles de notre vieillesse.

Peut-être n'était-ce que les illusions d'une vieille femme incapable de voir que tout était joué et que jamais elle ne pourrait se reposer avant que la mort ne vienne lui ravir son dernier souffle.

> Considérant le passé, on a toujours l'impression – probablement fallacieuse – d'un certain déterminisme.
>
> Michel Houellebecq

Vous me permettrez ici une parenthèse, car je souhaite revenir sur une période de ma vie qui, sans lien direct avec ce que je vous raconte ici, en explique le contexte.

Ce n'est pas par hasard que nous nous sommes retirés en forêt, ma femme et moi. Je vous ai déjà parlé de son enfance insulaire et de sa personnalité indépendante, mais je n'ai encore rien dit de mes motivations personnelles.

Au-delà de la représentation idyllique d'une retraite sans tracas, j'avais entrepris ce projet de réclusion en réaction à ce qui m'avait été donné de constater pendant mes longues années de fréquentation de la race humaine.

Issu d'un milieu ouvrier – sinon carrément pauvre quand il s'agit d'arrêter de jouer avec les mots –, j'ai fait mes études secondaires et collégiales dans un établissement privé du Vieux-Québec. Ce passage d'une classe sociale à une autre a forgé ma personnalité, mais je ne me suis jamais départi du côté rugueux de mon tempérament, ce qui m'a valu quelques désagréments dans ma carrière de professeur, pas tant avec mes étudiants qu'avec certains collègues. Rien de bien grave, quelques inadéquations sans grande portée, mais révélatrices de la cassure que je porte en moi depuis mon adolescence.

Si je ramène cela sur le tapis, c'est pour exposer les forces qui étaient en jeu au moment des événements dont je vous livre ici le récit. On dit que la morale est façonnée de nécessité, et que rien ne peut y interférer autrement que par l'expérience acquise, alors que l'idéal se frotte au réel. Or, lorsque je relis les pages qui précèdent celle-ci, je porte sur mes actions et celles de ma femme un jugement à la fois dur et compatissant. Pour tout dire, je prends pitié de nous, et constate dans un même élan que nous étions prêts à bien des entorses aux schèmes moraux que nous avions toujours défendus.

Ainsi, la question pour moi est la suivante : quelle partie de ma personnalité s'accommode le mieux au laxisme de ma posture morale ? Car chacun sait qu'il n'y a pas de lien à faire entre classe sociale et respectabilité, qu'il y a des saints et des crapules dans tous les milieux. Aussi, les limites que j'avais franchies les unes après les autres – meurtre, mensonges et dissimulations, outrage à un cadavre – me forçaient à m'interroger non pas dans l'absolu, mais sur mon propre cheminement, tentant de trouver la faille dans mon histoire personnelle. Puisque rien ne m'avait été imposé de l'extérieur – famille aimante, bonne éducation selon des valeurs de respect d'autrui, aucun traumatisme pouvant servir de caution, vie amoureuse et familiale épanouie, enfants avenants, serviables et autonomes… –, il fallait que je porte en moi ce poison comme une tare congénitale, et cette idée me faisait peur, car je voyais cette prédisposition à faire le mal comme une condamnation injuste.

Ce que je cherche à dire ici, c'est que même si c'est le point de vue que j'ai toujours défendu – les prédispositions comme circonstances atténuantes, chacun demeurant responsable de ses actes –, je n'arrive pas à m'appliquer la même médecine et porte sur mon comportement un regard sévère, en attendant de déterminer la sentence que je me rendrai peut-être un jour.

Fin de la parenthèse.

Les saillies autoréférentielles de mon mari me font rigoler, car il n'y a rien d'écrit nulle part, nous le savons bien. Tout est mouvement, bonds et rebonds, fortunes et opportunités, bris et obstacles, mains tendues et crocs-en-jambe, chance et déconvenues, appuis et oppositions. Nous ne sommes en fin de compte que des pantins que personne ne manipule, laissés à eux-mêmes et dont les fils s'emmêlent au gré du vent, brises ou bourrasques, mis à l'épreuve ou préservés du danger selon des lois non écrites et constamment transgressées.

Si tout se déroulait selon une règle connue de tous, rien de fâcheux ne nous arriverait, et ce qu'on appelle l'histoire, peu importe sa portée, n'existerait pas.

Plus terre à terre que mon mari, je n'ai pas l'habitude de ce type de réflexion, mais il me semble que la justice et la pureté constituent, sur les plans pratique et symbolique, des idéaux inatteignables. Il ne s'agit pas ici pour moi de nous dédouaner des fautes que nous avons commises, mais de constater, non sans effroi, que notre libre arbitre et notre champ d'action restent soumis aux circonstances.

J'aurais bien aimé pouvoir identifier un coupable transcendant pour ce qui nous arrivait – les coupables immanents, j'en faisais mon affaire –, mais je butais sur toutes les hypothèses qu'on m'avait présentées – dieux, astres et autres facéties.

Je n'avais donc pas de temps à consacrer à une étude plus approfondie des causes extraterrestres de mes malheurs, trop occupée à préparer la petite mise en scène que nous allions offrir au grand voyou.

> On dit que la toile selon son étendue, sa forme, sa solidité, ses leurres, sa beauté, au tout dernier moment tisse l'araignée qui lui est nécessaire.
>
> Pascal Quignard

Ma femme était allée au village acheter une jarre à biscuits en grès brut et y avait versé les cendres de Matteo. Puis elle avait installé une table de coin dans le salon pour y déposer, sur un rectangle de dentelle, la jarre et deux bâtons d'encens.

Nous espérions que notre stratégie allait permettre au grand de faire son deuil, et qu'il nous laisse tranquilles.

Il est arrivé, un jeudi nuageux de la mi-septembre, dans sa Corolla déglinguée. Il était un peu passé midi, et nous allions mettre les kayaks à l'eau pour une virée au lac.

Il est descendu de son véhicule en s'appuyant sur la portière et s'est approché de nous lentement, comme alourdi par l'alcool ou un analgésique puissant, ce qui m'a fait craindre le pire.

D'humeur joyeuse, il a levé la main pour nous saluer comme on salue des amis. Ma femme lui a souri en jouant du coude avec moi pour que je me débarrasse de mon air de bœuf.

– On avait dit une semaine, non ? a-t-il lancé en venant vers nous.

Déjà, nous avons senti son haleine avinée.

– Justement, on t'attendait, a répondu ma femme. Je t'ai préparé une belle surprise, a-t-elle ajouté en lui prenant le bras.

Le grand m'a regardé avec une moue étonnée avant de se laisser conduire par ma femme jusqu'au seuil de la maison.

– T'as confiance en moi, non ? lui a-t-elle demandé.

Je trouvais qu'elle poussait le bouchon de la complicité un peu loin. Il a hésité.

– Ferme les yeux !

Il lui a obéi comme un enfant dont on allait célébrer l'anniversaire. Ma femme l'a guidé à travers la cuisine jusqu'au salon où elle l'a installé devant l'autel qu'elle avait improvisé.

– Tu peux ouvrir les yeux.

Il n'a pas tout de suite compris de quoi il s'agissait, immobile, gardant les mains croisées sur son ventre. Puis son regard s'est embrouillé.

– C'est lui ?

Ma femme a confirmé de la tête. J'étais demeuré en retrait, prêt à fondre sur lui en cas de mauvaise réaction. Mais il s'est mis à pleurer, ses épaules s'agitant sous le coup de l'émotion. Ma femme a reculé d'un pas pour lui permettre de digérer tout ça. Après un moment, il s'est approché de l'autel et il a caressé la jarre du bout des doigts.

– Matteo...

Contre toute attente, nous avons essuyé une larme, ma femme et moi. Car il était émouvant de voir ce gaillard s'épancher ainsi devant ce qui n'était pour nous qu'une mascarade, une parade pour qu'il sorte enfin de nos vies.

Il a ouvert la jarre et y a jeté un œil. Puis le doute lui a fait plisser les yeux.

– Comment savoir que c'est bien lui ?

– Je te le jure, a répondu ma femme avec conviction en lui tendant la montre. Si tu veux, on va faire brûler un bâton d'encens à sa mémoire.

Il a regardé la montre, l'a fait tourner entre ses doigts, puis il s'est remis à pleurer sans retenue, a refermé la jarre et s'est emparé d'un bâton d'encens. Ma femme s'est approchée, a pris l'autre bâton et elle les a allumés avec notre briquet à foyer. Des volutes odorantes ont rempli le salon, et ils sont demeurés debout devant la jarre pendant de longues minutes.

Recouvrant lentement ses esprits, le grand a déposé son bâton sur la plaque de bois, puis il s'est mis à nous parler de Matteo.

Ils s'étaient connus à l'école secondaire, s'étaient perdus de vue pendant quelques années, puis la passion les avait enfiévrés tous les deux quand Matteo était revenu s'installer au village. Il était maçon, comme son père, et avait développé sa petite entreprise d'aménagement paysager. Mais dans une région comme la nôtre, qui perd des habitants chaque année, les affaires n'allaient pas très bien. Et comme le grand était au chômage depuis qu'on avait fermé la scierie, ils devaient réagir. Aussi avaient-ils décidé de quitter la région, quitter le pays pour retrouver celui des parents de Matteo. Et si j'ai bien compris, c'est avec notre argent qu'ils avaient convenu de faire ce beau voyage en Italie.

– Matteo est né dans une grotte, comme le petit Jésus. Dans une ville italienne qui s'appelle Matera. Je vous montrerai des photos.

Ma femme a rangé à son tour son bâton d'encens, puis elle a pris la jarre et l'a remise au grand, qui l'a serrée contre son ventre.

– Emporte-le, a-t-elle suggéré. Garde-le chez toi un moment avant de décider de ce que tu feras de ses cendres.

Secoué d'un sanglot, il a redéposé la jarre sur l'autel avec précaution.

– Je préfère qu'il reste ici, avec vous. Chez moi, c'est le bordel et je suis pas digne de le recevoir. Je vais revenir le chercher après avoir fait le ménage.

Ma femme a insisté pour qu'il nous débarrasse des cendres de son amoureux, soulignant au passage que Matteo se foutait bien de l'état de son appartement, mais rien n'y fit.

– Maçon, je vous dis... Pour lui, tout devait s'accorder, bien rangé, en équilibre. Disons que de ce côté, depuis qu'il est plus là, je me suis laissé aller. Mais je vais me ressaisir, a-t-il ajouté en essayant d'y croire. Me reprendre en main. Et ce que vous avez fait, aujourd'hui, me laisse croire que tout est possible, que je peux y arriver. C'est le destin qui nous a réunis à travers le sacrifice de Matteo, et je sens que c'est pour la vie. Chacun joue son rôle, et le sien, c'était de nous faire vivre ce qu'on vit en ce moment. C'est comme ça...

Il a pleuré encore un moment, puis il nous a remerciés avant de sortir de la maison et de regagner sa voiture.

Nous nous sommes assis sur le canapé, ma femme et moi, et dans l'odeur persistante de l'encens, fixant le mur devant nous, nous avons craint que ça ne s'arrête jamais.

Lorsque j'ai vu Antoine essuyer une larme derrière le grand qui, pétri de chagrin, caressait la jarre à biscuits, je me suis permis une petite émotion moi aussi. Pas tant par compassion pour le grand que parce que je constatais que nous n'avions pas perdu toute humanité, mon mari et moi.

Je ne saurais dire comment je me sentais ce jour-là, fière de ce que j'offrais à vivre au grand, lui permettant de faire le deuil de son amoureux, sachant par ailleurs que je me moquais de lui sans une once de repentir.

Ce garçon était un idiot fini, abruti par l'alcool et sans doute deux ou trois variétés de drogue, douces ou fortes, légales ou illégales. Je n'éprouvais pour lui que du ressentiment, incapable de lui pardonner de nous avoir gâché la vie. Si je ne m'étais pas retenue, la dernière fois, j'aurais mis du ricin dans sa bière et l'aurais regardé convulser en applaudissant.

En fait, je ne rêvais que d'une chose, que tout ce cirque s'arrête enfin, et je tentais de trouver le chemin le plus court pour y arriver.

J'ai inscrit le nom de la ville dans Google et j'ai fait défiler les photos des célèbres Sassi de Matera, habitations troglodytes sculptées à flanc de montagne dont je n'avais jamais entendu parler.

Nous avions visité l'Italie à deux reprises, Antoine et moi, avec notre fille encore adolescente. D'abord au nord, par un grand cercle reliant Florence, Venise, Gênes, Pise et Rome, puis vers le sud, longeant la côte jusqu'en Sicile, de retour de Palerme par un bateau de nuit qui nous avait offert une vue unique du Vésuve découpé par les rayons jaunes du soleil levant.

Je gardais de ces voyages un souvenir ému, particulièrement du premier par lequel nous avions découvert que l'art peut faire partie de la vie quotidienne des gens, et qu'en ces terres, les artistes, écrivains, peintres et musiciens donnaient un sens à l'histoire en prêtant leurs noms aux places et aux rues que chacun foulait en se rappelant qu'il est le maillon d'une chaîne forgée il y a longtemps et s'allonge vers l'infini.

Pendant ce temps, dans nos contrées de misère, on oubliait d'où on vient et se foutait de notre destination, pourvu qu'il y ait de la bière, de l'humour et de la musique de robot.

> Un grand apaisement se fait dans les pauvres esprits fatigués du labeur de la journée; et leurs pensées prennent maintenant les couleurs tendres et indécises du crépuscule.
>
> Charles Baudelaire

Octobre est venu avec ses nuits fraîches et ses pluies persistantes. Nous nettoyions le terrain au fur et à mesure que le vent le recouvrait des feuilles et des épines que nous avions vues naître en mai. La vie comme une roue qui tourne sur elle-même dans le mouvement perpétuel du cosmos.

Parfois, je me penchais pour égrener la terre entre mes doigts, et je me disais qu'il y avait là, dans chacune de ces minuscules particules, le secret condensé de l'univers. J'avais soixante-huit ans, peut-être m'en accorderait-on encore une dizaine, une vingtaine tout au plus, avant que le rideau ne tombe sur ce qui n'aura été qu'un détail plus petit encore qu'un grain de sable dans la marche improbable de l'humanité au sein du grand tout.

Ma femme rayonnait, même dans la brume du matin, son visage harmonieux comme témoin de sa bienveillance.

Son corps, toujours en action, avait gardé la vigueur de sa jeunesse, et elle ne craignait rien autant que l'oisiveté.

Notre fille, qui habitait la grande ville et détestait la campagne, faute de nous visiter, nous appelait plus souvent ces derniers temps, et nous étions heureux de la savoir bien, en vie, portée par une multitude de projets, à l'image de sa mère. Notre fils et sa femme étaient rentrés de leur périple en voilier dans le Péloponnèse avec la conviction qu'ils ne répéteraient pas l'expérience tellement ils avaient souffert du mal de mer tout au long de leur séjour.

Je fendais du bois tous les jours, en prévision de l'hiver, et le cordait contre la remise avec minutie, les bûches s'imbriquant les unes dans les autres avec entre elles un minimum d'espace. J'aimais ce travail, répétitif et dur pour le corps, car il me confirmait à chaque élan que j'étais encore en vie.

Dans le salon, il y avait Matteo dans sa jarre à biscuits, que nous n'avions pas osé déplacer au cas où le grand nous gratifierait d'une visite surprise. La plupart du temps, je n'y portais plus attention, mais il m'arrivait parfois de m'arrêter devant le petit autel et de penser à lui en me remémorant ce que le grand nous en avait dit. J'avais pris la vie de cet homme, grain de sable parmi les grains de sable que nous étions tous, mais tout de même unique et en principe inaltérable. Depuis, je vivais en contradiction avec ce qui m'avait toujours animé, et j'avais la conviction qu'un malheur allait un jour s'abattre sur moi et que je l'aurais bien mérité.

Nous savons tous que la vie ne fonctionne pas de cette manière. Le concept de justice immanente est une lubie. Nous sommes entourés de salopards qui se la coulent douce et de personnes dévouées sur lesquelles la vie s'acharne sans raison.

Chaque fois que je regardais Antoine fendre son bois, je craignais que sa hache ne se coince dans la bûche de fond et qu'il ne s'effondre devant la remise, le cœur déchiré – au propre comme au figuré – par la honte et la culpabilité.

Pour tout dire, j'étais à cette époque très fatiguée, et j'avais perdu de l'intérêt pour ce qui auparavant me passionnait, entretenir le terrain, aménager mes plates-bandes, nourrir les oiseaux... Je voyais venir l'hiver avec appréhension, comme si une main géante allait bientôt déposer un couvercle sur ma vie et celle de mon mari pour nous regarder nous éteindre lentement. Je n'avais jamais connu un tel abattement saisonnier, et peinais à me reconnaître dans cet état d'apitoiement. J'avais besoin qu'on me secoue, qu'on brise ma coquille, malgré le froid, pour me permettre de renaître. Je n'avais pas d'idées suicidaires, mais souhaitais vivre autre chose, ailleurs, et ce désir me remplissait d'effroi, car je le savais nourri par la peur. De nous voir condamnés, Antoine et moi, à n'être plus que l'ombre de nous-mêmes. De ne plus jamais retrouver la paix et la tranquillité d'esprit que nous étions venus chercher dans cette forêt accueillante. Du vide et de la déréliction de ceux qui attendent la mort. De l'image que nous garderions de nous-mêmes aux dernières heures de notre vie, à jamais entachée.

Il m'arrivait parfois de perdre le contact avec la réalité et de m'évader en pensée dans des contrées lointaines, bords de mer abrupts, glaciers bleutés, déserts arides, toujours seule et entourée de silence, abandonnée. Au moment où je croyais tout perdu, prête à accepter que tout allait s'arrêter, les souvenirs se mettaient à affluer. L'odeur du fleuve lorsque, petite, j'allais m'asseoir sur les rochers rouges de mon île. Mes escapades sur mes skis de bois dans la route du Mitan devenue coulée de neige bleue. Les vaches du voisin à qui je donnais des noms de fleurs,

Valériane, Achillée, Salsifis, Épervière. Mes tournées à la rivière Lafleur, parfois même jusqu'à la maison des sorcières, deux vieilles femmes qu'on voyait se bercer sur leur galerie aux beaux soirs de l'été, mais qui, autrement, demeuraient cloîtrées. Ma crainte des chevaux de monsieur Giguère, deux monstres au poil roux qu'il laissait en liberté sur sa terre en jachère et qui me regardaient du coin de leurs gros yeux humides quand je passais près d'eux. Le silence, partout, dans ces années où l'île était encore vierge de la pénétration touristique qui allait la déflorer.

Je revenais lentement au temps présent un brin soulagée, mais comme cet apaisement ne durait pas bien longtemps, je me disais que j'allais devoir me secouer pour ne pas m'effondrer.

J'ai toujours aimé le mensonge et ceux qui le pratiquent avec courage.

Jean-Paul Dubois

La première neige avait recouvert le sol pendant la nuit, une neige molle, gorgée d'eau, qui se mêlait à la terre pour former une boue salissante.

Je m'étais levé tôt pour aller chercher du bois près de la remise, des bûches que j'avais fendues l'automne précédent.

C'était le moment de l'année où ma femme devenait taciturne, n'ayant plus rien pour s'occuper sur le terrain. Elle lisait d'un trait les romans qu'elle avait dénichés à la ressourcerie pendant l'été, heureuse de retrouver certains auteurs qu'elle aimait bien, Ying Chen, Delphine de Vigan, Louise Dupré, Anna Gavalda, Paolo Cognetti, Zoé Valdes…

Il nous venait souvent des envies de faire nos bagages et de descendre plus au sud, mais notre détestation de ce qu'étaient devenus les États-Unis freinait nos élans. Il nous arrivait de lorgner du côté européen, mais nous n'avions pas les moyens de nous y installer plus de deux ou trois semaines. Restait le Mexique, où nous avions jadis pris nos habitudes, plus particulièrement dans la petite ville de Puerto Morelos, dans le Yucatán, où nous avions passé d'agréables séjours avant que les hôtels n'y poussent d'un seul jet, dénaturant la côte.

Aussi attendions-nous la période des Fêtes avec impatience, sachant que nous allions devoir traverser novembre et décembre avant de pouvoir accueillir nos enfants pour nos retrouvailles familiales.

Nous vivions, sans jamais en parler, avec la crainte constante de voir la police débarquer chez nous, et c'est ce jour-là que la chose s'est produite. Mon cœur s'est arrêté de battre pendant deux ou trois secondes lorsque j'ai aperçu la voiture de la Sûreté du Québec progresser dans l'allée. Il en a fallu de peu pour que je laisse tomber les bûches que j'avais empilées sur mon bras. Je les ai déposées sur le sol et j'ai secoué mes gants en les frappant l'un contre l'autre. Les agents sont descendus de leur véhicule, un homme et une femme dans la trentaine, en uniforme, casquette sur la tête. L'homme, petit mais baraqué, m'a salué de la main en avançant vers moi pendant que sa collègue, une grande fille mince à la chevelure blonde et au visage sévère, est restée derrière pour examiner les environs.

– Bonjour !

Je me suis avancé vers lui pour lui présenter ma main, qu'il a serrée avec vigueur.

– Sale temps, non ?

J'ai acquiescé de la tête.

– C'est un beau petit coin tranquille que vous avez là.

– En tout cas, c'est la première fois que la police nous rend visite, ai-je dit avec un humour un brin forcé. Qu'est-ce qui nous vaut l'honneur ?

Il a souri, puis il a levé la main vers la maison.

– On peut entrer ?

J'ai tendu le bras à mon tour.

– Je vous en prie, mais peut-être que ma femme dort encore. Vous permettez que je prenne les devants ?

– Bien sûr, je vous laisse une minute pour la réveiller.

Je me suis précipité dans la maison. Ma femme ne dormait pas et les avait vus arriver par la fenêtre. Déjà, l'autel avait disparu, et la jarre à biscuits avait été déplacée sur le comptoir. Elle m'a répété de me calmer et m'a embrassé sur la joue avant d'aller frapper à la fenêtre pour leur signifier qu'ils pouvaient nous rejoindre.

Après avoir refermé la porte derrière elle, la jeune femme s'est présentée.

– Je suis l'agent Turgeon, et voici mon collègue, l'agent Brunet.

Il a incliné la tête pour saluer ma femme. Son regard pétillant dégageait une sorte de bienveillance qui nous a mis en confiance.

– Je vous en prie, asseyez-vous, a offert ma femme en tirant une chaise. Excusez-moi de vous recevoir en robe de chambre.

– C'est nous qui nous excusons de vous tirer du lit aussi abruptement, a répondu l'agente.

Nous nous sommes tous installés autour de la table, puis l'agent Brunet a pris le relais.

– Connaissez-vous Louis Dusseault ?

Nous nous sommes regardés, ma femme et moi. Ce nom ne nous disait rien.

– Monsieur Dusseault est décédé il y a quelques jours. Des agents l'ont découvert sans vie dans son appartement après que son propriétaire s'est inquiété.

Je voyais bien qu'ils guettaient notre réaction, mais comme nous ne connaissions pas ce Dusseault, nous demeurions impassibles et attendions la suite.

– Un suicide ? ai-je osé pour dire quelque chose.

– Ça en a tout l'air, a confirmé l'agent, mais nous avons tout de même ouvert une enquête pour nous en assurer.

Le silence s'est de nouveau imposé quelques secondes pendant lesquelles ils nous fixaient tous les deux.

– Vous êtes certains que vous ne connaissez pas cet homme ?

Nous avons haussé les épaules d'un seul mouvement, ma femme et moi, jusqu'à ce que l'agent Brunet dépose une photographie du grand sur la table.

– Oh, misère ! a soufflé ma femme en posant une main sur sa bouche. C'est le cousin de la femme de Martin.

– Martin ? a soulevé l'agente.

– Martin Lajoie, ai-je précisé, un de mes anciens étudiants de l'université avec lequel nous avons gardé contact. Il habite au village, sa femme est notaire. Son cousin souffrait de dépression, et Martin nous l'avait emmené, l'automne dernier, pour que je discute avec lui.

– Vous êtes psychologue ?

J'ai souri malgré moi.

– Non, seulement, comme j'ai traversé moi aussi une période un peu sombre il y a quelques mois, Martin a cru que je pourrais aider ce garçon… C'est raté, visiblement.

Les agents se sont regardés, perplexes.

– Vous nous dites que vous l'avez vu qu'une seule fois ? a insisté l'agente.

J'ai fait mine de fouiller ma mémoire.

– Il est possible qu'on l'ait croisé au village sans y porter attention, mais si on parle d'une vraie rencontre, ç'a été que cette fois-là.

– Et de quoi avez-vous parlé ?

J'ai soufflé en secouant la main.

– De sa maladie, du fait que plus rien l'animait, que sans famille et sans enfants, il allait manquer à personne s'il choisissait de disparaître. Il était vraiment mal en point, alors je lui ai conseillé de consulter un médecin, lui ai garanti qu'il allait s'en sortir s'il allait chercher de l'aide. Quelques semaines plus tard, Martin m'a d'ailleurs dit qu'il allait mieux… Quelle histoire !

L'agent Brunet notait mon commentaire dans son calepin.

– C'est tout ?

Je me suis gratté le cou.

– C'est tout.

– Pas d'autres nouvelles de lui ?

J'ai souri pour lui montrer que je ne voyais pas ce qu'il voulait insinuer.

– Rien de plus. J'ai oublié quelque chose ?

– Je sais pas…

Ma femme, demeurée jusque-là silencieuse, est intervenue.

– Qu'est-ce que vous nous dites pas, monsieur l'agent ?

Les deux policiers se sont regardés, puis la femme a croisé ses mains sur la table.

– Les enquêteurs ont trouvé un document dans l'appartement de Dusseault, un plan de votre terrain, avec l'emplacement de la maison et de la remise, et on se demande pourquoi. Vous auriez pas une petite idée ?

– Un plan de notre terrain ? a repris ma femme. Vous en êtes sûre ?

– Certaine, a-t-elle répondu en sortant une copie du document de la poche intérieure de sa veste.

Il s'agissait effectivement d'un dessin tracé à la main représentant l'allée, puis la maison et la remise, tout cela pratiquement à l'échelle. Sans doute avait-il servi au petit et au grand à préparer leur larcin. Mais de ça, nous ne pouvions pas parler.

– C'est bien chez nous, ai-je confirmé en posant mon index sur l'adresse, écrite en rouge dans le haut de la page. Mais vous dire ce qu'il faisait avec ça… Je serais bien curieux de l'apprendre.

L'agente a hésité encore un moment, puis elle a remballé son document.

– Très bien, a-t-elle dit en se levant, imitée par son comparse. Excusez-nous encore de vous avoir dérangés.

Nous nous sommes levés à notre tour et leur avons serré la main. Je les ai accompagnés jusqu'à leur voiture, répétant que c'était une bien triste histoire, puis je les ai regardés partir en secouant la main pour les saluer une dernière fois.

Quand je suis rentré dans la maison, ma femme était en train de vomir dans la cuvette de la toilette portative tellement cet interrogatoire l'avait intimidée. Je lui ai caressé le dos, et j'ai replacé ses cheveux sur son front.

– Au moins, on en a fini avec lui, ai-je dit sans réfléchir.

Elle a plissé les yeux, a écarté ma main de son visage et m'a demandé de la laisser seule.

Je n'ai jamais cru aux fins heureuses, ce qui explique sans doute ma détestation du cinéma américain. Mon mari est un indécrottable optimiste, qui ne voit que le bon côté des choses, toujours surpris qu'un coup lui arrive de biais, ou carrément par-derrière.

Pour moi, cette visite des policiers n'augurait rien de bon, même s'ils nous avaient annoncé la mort du grand, car ils avaient établi un lien entre lui et nous. Or, lorsque les policiers établissent un lien, ils ont tendance à s'y accrocher pour en comprendre la nature exacte. Ils se doutent bien que nous n'avons pas tué le grand. Ces deux vieux retranchés dans une cabane rudimentaire, hippies sur le tard, visiblement misanthropes, ne font pas de bons suspects. Mais tout ce qui n'est pas clair demande qu'on s'y attarde. Et ce plan de notre propriété qu'ils avaient trouvé chez le grand constituait une énigme qu'ils allaient vouloir élucider.

Ma crainte était qu'ils découvrent autre chose dans cet appartement, des notes plus compromettantes, voire des aveux. Le grand était si bouleversé lors de sa dernière visite qu'il avait très bien pu s'en ouvrir à quelqu'un, copain de beuverie ou barman otage de ses clients délirants. Peut-être tenait-il un journal personnel, va savoir.

Nous devions nous tenir cois, car toute réaction jouerait contre nous. De toute manière, nous ne pouvions rien faire, sinon attendre que les choses se tassent.

Cela dit, l'aplomb de mon mari pendant le court interrogatoire auquel les policiers nous avaient soumis m'avait impressionnée. Il avait répondu aux questions sans sourciller, mêlant vérités et mensonges sans jamais hésiter, sûr de lui, convaincant. Je l'avais découvert plus solide que je ne le croyais, ce qui n'était pas sans me rassurer pour la suite des choses.

Car suite des choses il allait y avoir, jamais je n'en ai douté puisque le principe même de causalité voulait que rien n'arrive pour rien, comme se plaisait à le répéter ma grand-mère chaque fois qu'on lui annonçait une nouvelle, bonne ou mauvaise.

> Nous étions débordés par le temps des choses. Un équilibre tenu longtemps entre leur attente et leur apparition, entre la privation et l'obtention, était rompu.
>
> Annie Ernaux

Cette rencontre avec les policiers nous avait libérés du fardeau que nous portions sur nos épaules depuis plus d'un an. Le grand ne pouvait plus rien contre nous, et s'il n'avait parlé de notre aventure à personne, nous allions vivre le reste de nos vies sans craindre que ce soit derrière les barreaux d'une prison.

Dans l'après-midi, nous avons joint Martin au téléphone pour lui exprimer notre tristesse. Il nous a dit que tout n'était pas clair dans cette histoire, et qu'il passerait à la maison en fin de journée pour nous en parler. Aussi nous sommes-nous remis à nous inquiéter.

Pour me distraire, je suis allé fendre du bois, puis marcher dans la forêt alors que ma femme s'était plongée dans un livre d'Annie Ernaux intitulé *La Honte* et dont la première phrase se lisait ainsi : *Mon père a voulu tuer ma mère un dimanche de juin, au début de l'après-midi.* Tout un programme pour se changer les idées !

Le soleil avait percé les nuages de trous lumineux, ce qui avait fait fondre la neige et parsemé le sentier de flaques d'eau. Une odeur persistante de feuilles mortes et de gomme de sapin avait pris l'air humide en otage. J'entendais au loin les jappements réguliers d'un chien esseulé, sans doute celui du propriétaire de la cabane à sucre dont les érables entreraient bientôt en dormance pour se réveiller tout pimpants le printemps prochain.

Me sont alors revenues des images de mon enfance, au temps où tout était simple, offert par la vie sans fioritures ni technologies particulières. Un bocal de cornichons vide dont on perçait le couvercle de petits trous pour y enfermer un bourdon qu'on regardait s'ébattre avant de le libérer avec la crainte qu'il vienne nous piquer pour se venger. Deux bouts de bois transformés en épée avec une ficelle, un couvercle de poubelle pour bouclier. Un vélo CCM avec aux rayons une pince et un paquet de cigarettes vide pour reproduire le son d'un moteur, quelques franges aux poignées emportées par le vent quand nous prenions de la vitesse. Les alliances sans médiation, réglées par la proximité des maisons du quartier. Les rues désertes, terrains de jeu privilégiés, hockey bottine l'hiver et cache-cache l'été. Il m'arrivait, à dix ans, pendant les vacances d'été, de passer des journées entières à frapper une balle de tennis sur le mur de briques de mon école. La solitude ne m'a jamais pesé, et c'est dans la musique qu'elle s'épanouira encore davantage un peu plus tard, alors que j'occuperai mon temps à apprendre en autodidacte le piano « aux accords » dans le salon de la maison familiale.

La musique sera ma grande passion, celle qui me fera traverser l'adolescence sans trop de difficulté. Encore aujourd'hui, je n'arrive pas à comprendre comment une suite de sons, parce qu'ils sont agencés de telle manière, peut provoquer chez moi autant d'émotions. Au temps où nous assistions encore à des concerts, ma femme et moi, il n'était pas rare que je me voie emporté par une vague si forte que je me mette à pleurer. Ma femme, au fait de cette prédisposition, me regardait du coin de l'œil, capable de deviner quand les larmes allaient embrouiller mon regard et couler sans retenue sur mes joues. Pour tout dire, ça en devenait gênant. Et il m'est arrivé plus d'une fois de rester assis dans la salle à l'entracte, honteux de mes yeux rougis.

Et là, dans la forêt, peut-être à cause de la pression et de ma crainte de ne jamais arriver au bout de cette histoire, j'ai ressenti ce type d'émotion incontrôlable, provoquée cette fois par la beauté de la scène qui, au détour du sentier, s'offrait à moi.

Les tons de rouge et d'orangé de la montagne se reflétaient par taches imprécises dans l'eau claire de la rivière, que mon regard avait suivie jusqu'à un marais où un orignal s'abreuvait en s'ébrouant. Après un moment, malgré le vent qui soufflait dans ma direction, la bête a relevé la tête puis l'a inclinée vers moi. Et je l'ai entendue me souhaiter la bienvenue dans son territoire. Elle m'a assuré qu'elle était heureuse de croiser mon regard, dans la mesure où je gardais mes distances, prête à s'enfuir au moindre de mes mouvements. Aussi suis-je demeuré immobile, les larmes aux yeux, reconnaissant qu'elle m'offre le cadeau de sa présence. Seules ses oreilles s'agitaient dans ce décor autrement statique, et j'ai deviné dans le noir de ses yeux l'éclat de sa fierté d'être encore en vie malgré les hivers féroces et les chasseurs embusqués.

Elle s'est remise à boire, m'a regardé de nouveau comme si elle se demandait pourquoi je pleurais. C'était parce que j'entendais la musique des arbres et de la rivière, et que cette symphonie me rappelait que j'allais mourir un jour pas si lointain en repensant au bourdon de mon enfance qui s'agitait dans son bocal au couvercle troué jusqu'à ce qu'une main salvatrice le libère et le lance dans l'ignorance de ce qui l'attendait.

Après de longues minutes à pouvoir jouir du spectacle, j'ai vu l'orignal secouer la tête dans une couronne de gouttes d'eau. Solennel, il m'a gratifié d'un dernier regard, puis il a regagné en quelques sauts sa forêt protectrice, me laissant seul avec mes larmes et ma crainte de la mort.

Je n'ai jamais rien vu d'aussi impressionnant aux alentours du Refuge, sinon quelques lièvres et deux ou trois perdrix avec lesquels je n'ai jamais communiqué. Je ne dis pas ça pour me moquer de mon mari, car j'aurais bien aimé moi aussi pouvoir vivre ce type d'expérience extatique avant de mourir. Enlacer les arbres, comme dans ces parcs du Japon où on organise des retraites de sylvothérapie, leur raconter mes déboires et mes déceptions avec l'espoir qu'ils m'en soulagent, m'étendre sur la mousse humide et fermer les yeux, les bras en croix, pour que la Terre-Mère nourrisse mon esprit d'une sagesse nouvelle et réparatrice, marcher nue dans la rivière pour y effectuer des ablutions purificatrices, prier en regardant les étoiles un dieu mystérieux, toujours à l'écoute, guetter l'appel du loup dans la nuit blanche de la pleine lune et y entendre les sons divins de la rédemption… Tout cela m'était interdit, trop cartésienne et incrédule. Dieu, qui sans doute ne croyait pas en moi, n'avait pas voulu que je croie en lui en retour. Aussi n'avais-je jamais compté que sur moi pour avancer, un pas à la fois, à travers ce qui s'offrait à mon regard, route plane ou marécages, champs de fleurs sauvages découpés de barbelés sur lesquels je me suis parfois blessée sans jamais y voir une quelconque condamnation transcendantale.

Pour Quirke, ce n'était pas tant les morts que les vivants qu'il trouvait inquiétants.

John Banville

Martin est arrivé vers seize heures trente avec un visage de salon funéraire, digne et renfrogné. Nous l'avons reçu avec tendresse, en lui offrant nos condoléances, puis l'avons invité à venir s'asseoir au salon.

Il avait fait couper ses cheveux très courts, et j'ai remarqué qu'ils avaient grisonné malgré son jeune âge – il devait avoir trente-cinq ans, ou autour de ça. Je lui ai offert une bière, qu'il a acceptée sans se faire prier, puis ma femme a déposé un bol de croustilles sur la table basse.

– C'est la consternation dans la famille de ma femme, a-t-il dit après sa première gorgée. On savait que Louis était fragile, mais il avait remonté la pente et semblait sur une bonne lancée. Un peu grâce à vous, d'ailleurs, a-t-il ajouté en inclinant sa bouteille vers moi.

– Visiblement, c'était pas suffisant, ai-je osé avec un demi-sourire.

Il n'a pas relevé ma remarque et s'est plutôt refermé pendant un moment. Puis il a froncé les sourcils.

– Comment l'avez-vous appris ?

Sa question nous a fait nous regarder, ma femme et moi. Nous avions convenu de dire la vérité à ce sujet.

– Des policiers sont passés ce matin, a répondu ma femme. Ce sont eux qui nous ont annoncé que… enfin… que le cousin de ta femme s'était enlevé la vie.

Martin a tourné les yeux vers moi.

– C'est ce qu'ils vous ont dit ?

J'ai confirmé en hochant la tête. Il a baissé les yeux.

– C'est peut-être pas aussi simple que ça, a-t-il ajouté comme pour lui-même avant de relever la tête. Louis était homosexuel, et jusqu'à l'an dernier, il avait un amoureux, un gars du coin que vous avez peut-être croisé au village. Il faisait de l'aménagement paysager, et des petits travaux de maçonnerie à l'occasion.

Ma femme et moi avons haussé les épaules pour signifier que nous ne voyions pas de qui il parlait.

– Un Italien. En tout cas, ses parents en étaient. Matteo Donato.

– Connais pas, a glissé ma femme d'un ton assuré. Martin a bu une autre gorgée.

– Moi non plus. Louis était assez discret sur ce côté-là de sa vie. Mais on a appris qu'en juin de l'an dernier, Matteo est parti sans prévenir, en laissant tout derrière lui, son camion, ses outils, son logement, et qu'on l'a plus jamais revu. Et là, ma femme a su que la police le cherche, sans doute en lien avec la mort de Louis.

– Ce serait pas un suicide ? s'est étonnée ma femme.

– On sait pas… Mais pourquoi la police est venue vous annoncer ça en personne ? a-t-il ajouté sans transition.

Je me suis avancé sur ma chaise.

– On comprend pas tout, nous non plus. Ils ont trouvé un plan de notre terrain dans les affaires de Louis, une feuille dessinée à la main avec la maison, la remise, l'allée. Ils nous ont posé des questions à ce sujet, mais on sait pas ce que le cousin de ta femme voulait faire avec ça. D'après toi ?

– Aucune idée. Vous savez, Louis, c'était un drôle de moineau. Pas facile à cerner. Un hurluberlu. Toujours dans son petit monde. Un drôle de gars. Je vais vous faire une confidence, ma femme en avait un peu peur. Et ça datait pas d'hier. Quand ils étaient jeunes, elle l'appelait son cousin *weirdo*. Vous l'avez sans doute remarqué, quand je vous l'ai présenté. Y avait quelque chose d'étrange dans sa manière de nous regarder, pas de la folie, mais une sorte de retrait, d'absence, de vide.

Nous avons laissé le portrait prendre forme dans notre pensée, et il est vrai que le grand impressionnait par sa manière de nous considérer. L'insistance et la froideur de son regard ne manquaient pas de nous intimider, comme si nous savions qu'il était prêt à tout, capable de passer de la passivité à la démesure, grenade dégoupillée au centre de l'assemblée. C'est d'ailleurs ce qui m'avait toujours fait craindre qu'il nous balance à la police, dans un élan de vengeance ou par simple fatigue d'avoir à vivre avec un secret trop lourd pour lui.

– Peut-être avait-il dessiné ça en rentrant de chez vous, pour une raison inconnue et qui le restera. En tout cas, j'espère qu'ils vont mettre la main sur ce Matteo Donato pour tirer ça au clair et qu'on en finisse, parce que ça demeure d'une tristesse infinie.

Nous avons approuvé d'un signe de tête, ma femme et moi, et lui avons offert une deuxième bouteille qu'il a refusée en levant la main.

– Merci, ce sera tout pour aujourd'hui, j'ai promis à ma femme d'aller chercher les enfants et de préparer le repas avant qu'elle rentre du boulot.

Il s'est levé, a fait la bise à ma femme et m'a serré la main.

– Vous allez venir aux funérailles ? a-t-il demandé.

J'ai secoué la tête, et ma femme a enfourné ses mains dans les poches de son jean.

– Tu sais, on le connaissait pas vraiment, ai-je osé. On va vous laisser faire ça en famille.

Il a souri.

– Bien sûr… Risque pas d'y avoir foule. C'était pas celui qui avait le plus d'amis au village.

Il a enfilé sa veste et il nous a quittés en nous assurant qu'il allait repasser bientôt. Nous l'avons regardé par la fenêtre monter dans sa voiture, puis nous nous sommes étreints, ma femme et moi, avec l'espoir que l'enterrement du grand signe enfin notre libération.

Le cousin *weirdo*… C'était en plein ça. Le genre de garçon à éviter, toujours en retrait de toute manière, inadapté au monde et aux autres. J'en avais connu quelques-uns comme lui, des gars de mon âge dont on ne souhaitait pas croiser le regard tant il faisait peur. Certains en jouaient, heureux de l'effet qu'ils produisaient chez les autres, utilisant ce malaise pour se rendre intéressants. Mais chez d'autres, la faille était plus profonde, et on sentait qu'un volcan bouillait à l'intérieur de leur corps crispé, prêt à entrer en éruption à tout moment, sans raison. Les filles les ignoraient, sans plus, alors que les garçons subissaient leurs accès de violence.

Certains étaient faciles à identifier, mais d'autres cachaient bien leur jeu, ne se révélant toxiques qu'après une période de fermentation. Souvent beaux gosses, timides mais originaux dans leur manière de voir le monde, ils arrivaient à séduire les plus fragiles d'entre nous, proies faciles que ces prédateurs savaient détecter.

Marielle, Sophie, Claudine…, tombées entre les mains de ce genre de mec, contrôlant, jaloux, possessif, violent. La première s'en est bien tirée, se libérant du piège plus rapidement que les deux autres, que nous avons perdues de vue, Sophie suivant son Dave en Alberta et Claudine s'enfermant dans son *bungalow* de Laval-des-Rapides, dont on dit qu'elle n'est jamais ressortie.

J'aimais Martin, mais sa présence m'indisposait depuis un moment, comme si le lien qui nous unissait sans qu'il ne le sache enserrait mon estomac. À peine était-il arrivé chez nous que j'avais hâte qu'il reparte. Je n'en laissais rien voir, bien évidemment, mais c'était irrépressible. Mon corps se rebellait en me donnant la nausée.

En y réfléchissant bien, je me suis rendu compte que je n'avais plus le goût de voir personne, pas même mes enfants – ce qui n'était pas normal, moi qui m'étais toujours ennuyée d'eux après leur départ de la maison. Je me suis mise à m'inquiéter de cette désaffection, et la seule conclusion que j'ai pu tirer de mes réflexions tenait en une forme de dégoût de moi-même et de ce que nous étions devenus, Antoine et moi – dégoût qui se concrétisait par mon refus de m'imposer aux autres, surtout à ceux que j'aimais et qui auraient condamné ce que nous avions fait si par malheur ils l'avaient découvert.

Notre vie est un voyage dans l'hiver et dans la nuit nous cherchons notre passage dans le ciel où rien ne luit.

Céline

Avec novembre sont venues les premières gelées et la bordée de neige inaugurale de l'hiver. Trente centimètres de flocons mouillés tombés du ciel en quelques heures à peine et qui n'allaient fondre qu'en avril ou en mai.

J'assistais au spectacle de notre fenêtre, alors qu'on diffusait à la radio l'*Andantino* de la Sonate n° 20 pour piano de Schubert, et la neige qui fondait sur la vitre répondait aux larmes qui embuaient mon regard.

– Tu pleures ? a demandé ma femme de la cuisine.

Mon silence est venu confirmer ses soupçons.

– T'as rien d'autre à faire ? Il me semble qu'il avance pas vite, ce roman dont tu me dis rien.

Je m'étais mis à l'écriture d'une histoire un brin complexe, avec des personnages originaux, mais loin de moi, smala tournant autour d'un patriarche déjanté que la guerre avait rendu sénile depuis longtemps. Or il lui arrivait parfois d'avoir des visions, sortes de prémonitions que chacun tentait par la suite, selon ses intérêts, de combattre ou de voir se réaliser. Au bout d'un moment, le lecteur comprenait que le vieux se moquait ainsi de ses descendants en stimulant leurs instincts les plus apparents, les montant les uns contre les autres pour qu'ils se révèlent tels qu'en eux-mêmes, doux ou retors, altruistes ou mesquins, fidèles ou traîtres.

Je gardais en parallèle mon carnet dans lequel je notais de manière codée tout ce qui avait trait aux événements qui nous occupent ici. Mais il est vrai que je travaillais lentement, distrait par le remords et des élans de tristesse, soumis aux images pétrifiantes que nos actions des derniers mois avaient gravées dans mon esprit.

Je me suis rassis derrière le petit bureau qui me servait d'espace de travail dans un coin du salon et j'y ai ouvert mon calepin pour y noter les pensées que faisait naître ma déréliction. Le petit et le grand étaient morts, ce qui aurait dû me soulager. Pourtant, je n'arrivais pas à m'en réjouir puisque dans un monde idéal, rien de tout cela ne se serait produit.

J'ai aligné quelques phrases sur l'hiver, ma saison préférée, que je voyais cette fois venir avec une pointe d'appréhension, comme si toute cette pureté qu'il déposait déjà sur le paysage, voile éphémère d'une blancheur éclatante, n'était qu'un leurre, une lubie, un piège dont je ne me libérerais jamais. J'avais l'impression de m'enfoncer dans une forêt si dense que j'allais m'y perdre et y mourir de faim et de soif.

J'ai dû faire un effort pour m'extirper de la torpeur dans laquelle l'écriture me maintenait. Je me suis levé, j'ai mis ma veste, j'ai enfilé mes bottes et j'ai embrassé ma femme, assise à la cuisine devant sa tasse de café.

– Je vais taper le sentier, j'en ai pour une demi-heure.

Elle a caressé ma main, puis m'a regardé sortir.

Dehors, je me suis attelé au traîneau que j'avais confectionné pendant l'été, structure en bois lestée en son centre d'un bloc de ciment, et l'ai tiré comme une bête de somme dans le sentier qui menait à la remise, puis de la remise à la voiture, puis de la voiture à la route.

Je me suis demandé un moment si je n'allais pas mettre la souffleuse en marche, mais j'ai décidé d'attendre que la neige ait cessé de tomber avant de dégager l'allée.

Quand je suis rentré dans la maison, ma femme s'était étendue sur le canapé, ce qui ne lui ressemblait pas.

– Ça va ? me suis-je inquiété.

Elle a ouvert les yeux et elle a dit « il faut partir d'ici », alors qu'une larme roulait sur sa joue.

Je m'étais assoupie, emportée par un rêve éveillé dans lequel je dansais sur la grève de mon île, les bras pointés vers le ciel, en chantant une chanson des Séguin qui avait bercé mon adolescence.

Ma mie a les pieds comme biche vive
Sa peau est plus blanche qu'aubier de sapin
Si je l'emmenais courir par la rive
Comme biche vive s'en irait bien loin

Il y avait du bleu, et du jaune aussi dans ce début de rêve. Je portais une robe et un chapeau – moi qui déteste les robes et les chapeaux – et souriais au vent venu du large. Au loin, un voilier d'oies, et plus loin encore, l'ouverture du fleuve vers la mer, que je survolais comme si cela était tout à fait naturel, quand Antoine m'a réveillée en me demandant si ça allait.

Ça n'allait pas du tout, et je n'arrivais plus à le lui cacher. Je devenais lentement une autre femme, molle, affaiblie, sans ressort, moi qui de toute ma vie n'avais été qu'un paquet de nerfs tendus. J'avais perdu mes repères, naviguais à l'œil, soumise aux éléments, entre les hauts fonds sur lesquels j'allais bientôt m'échouer si je ne réagissais pas rapidement.

J'avais besoin d'aide, mais surtout de bouger, sortir de ce cocon où je me momifiais lentement. La solution ne pouvait être que draconienne. Partir. Je n'en voyais pas d'autres. Quitter le Refuge, sortir de la forêt comme dans l'expression «se sortir du bois». M'éloigner du trou où nous avions enterré puis incinéré le petit. Ne plus jamais remettre les pieds au village. Tenter – même si je savais que ce n'était que de la peine perdue – d'en finir avec cette histoire.

Antoine s'était attaché au Refuge, y avait trouvé ses marques et y avait renoué avec la nature, ce qui lui faisait grand bien. Il avait perdu les quelques kilos qu'il avait en trop à notre arrivée, mangeait mieux, dormait mieux. Je n'allais rien lui imposer, mais pour moi, ça ne pouvait plus durer.

> Où s'arrête la personne, ses contours, ses limites, où commence ce qui en elle est bien plus qu'elle, la douleur dans sa voix, l'innocence dans ses yeux ?
>
> Christian Bobin

Il aurait été sage de quitter la région pour nous éloigner physiquement de ce qui nous avait transformés psychologiquement. Mais tant que l'enquête sur la mort du grand n'était pas terminée, nous ne devions pas donner l'impression de nous enfuir. Aussi nous sommes-nous entendus, ma femme et moi, pour passer un dernier hiver à la montagne avant de rentrer en ville au milieu de l'année suivante pour y louer, dans notre ancien quartier, un condo au bord de la rivière.

Cette décision nous a en quelque sorte apaisés, convaincus que nous allions réussir, dans un avenir plus ou moins rapproché, à mettre cette histoire derrière nous. Mais c'était sans compter sur le retour des agents Turgeon (la grande blonde) et Brunet (le trapu), qui ont garé leur véhicule dans l'allée un matin glacial de la fin novembre.

Nous les avons reçus avec amabilité, toujours disposés à aider les forces de l'ordre quand la paix sociale en dépend. Ils se sont installés à la cuisine et ont accepté le café que ma femme leur a offert.

D'emblée, je leur ai confié ma surprise de les voir nous interroger de nouveau sur la mort de Louis Dusseault.

– S'agit pas d'un interrogatoire, a rectifié l'agent Brunet. On a simplement besoin d'informations supplémentaires pour bien effectuer notre travail.

– Et qu'est-ce que cela a à voir avec nous ? a demandé ma femme d'un ton posé.

La policière a pris le relais en déposant une photographie sur la table.

– Est-ce que vous connaissez cet homme ?

Sur la photo, de toute évidence un agrandissement d'une prise initialement plus large, un type souriait de manière exagérée, révélant des dents croches et jaunies. Chauve, dans la mi-trentaine, il portait une barbe de trois jours qui n'arrivait pas à masquer les cicatrices de son acné juvénile.

– Jamais vu, a lancé ma femme sans le quitter des yeux.

– Regardez-le comme il faut, a insisté l'agente.

Piquée, ma femme a eu un mouvement de recul.

– Puisque je vous dis que je ne connais pas cet homme.

L'agente s'est tournée vers moi, et j'ai secoué la tête à mon tour pour lui signifier que ce visage ne me disait rien, ce qui était la vérité.

L'agent Brunet a bu une gorgée de son café, puis il a récupéré la photographie.

– Ce monsieur s'appelle Matteo Donato, a-t-il lancé en le regardant à son tour.

Vous dire les efforts que nous avons déployés, ma femme et moi, pour rester de marbre et ne pas nous regarder. Car c'était la première fois que nous voyions le visage de l'homme que j'avais abattu.

– C'était un ami proche de Louis Dusseault. Très très proche, a-t-il ajouté sans émotion particulière. On aurait aimé lui parler, mais monsieur Donato a disparu. On sait qu'il a jamais quitté le pays, donc ça veut dire qu'il se cache quelque part au Canada.

– Il est pas ici en tout cas, a osé ma femme avec un sourire, ce qui a indisposé l'agente Turgeon.

– On n'est pas ici pour nous amuser, a-t-elle craché pour en imposer. On sait bien qu'il est pas ici. Le problème, c'est qu'on est à peu près certains qu'il préparait un coup avec Dusseault pour vous détrousser.

– Nous détrousser ? a pouffé ma femme. Mais de quoi ? Regardez autour de vous, c'est que du recyclé. Si ce que vous dites est vrai, c'était deux idiots finis. Tout ce qu'on a ici trouverait même pas preneur dans un marché aux puces.

L'aplomb de ma femme ne manquait pas de m'impressionner, et je me suis dit qu'elle avait raté sa vocation en passant à côté d'une carrière de comédienne.

– Vous avez de l'argent liquide ? a demandé l'agent Brunet, plus aimable que sa collègue.

– On garde quelques centaines de dollars dans un coffret pour parer aux urgences, ai-je répondu, mais sans plus.

– Et jamais personne n'est venu vous importuner, eux ou quelqu'un d'autre ?

– Jamais.

Ma réponse, catégorique, a semblé les satisfaire. L'agent Brunet a renfourné son carnet de notes et la photographie de Matteo Donato dans son manteau, ils ont pris une dernière gorgée en se levant, nous ont remerciés de notre collaboration, puis ils nous ont serré la main avant de partir.

Quand le véhicule de patrouille a quitté l'allée, nous nous sommes laissés tomber sur le canapé, exténués comme si nous venions de courir le marathon de Boston.

Découvrir ainsi le visage de l'homme que mon mari avait assassiné – et que j'avais moi-même enterré et incinéré – sans ressentir davantage de culpabilité que lorsqu'il était encore d'une certaine manière anonyme, demeurant de glace devant son portrait comme si la vie ne m'avait jamais liée à ce type, voilà de quoi j'étais maintenant capable, et cela n'était pas sans me terrifier.

Dans une autre vie, je m'étais souvent demandé comment les criminels arrivaient à se déclarer innocents même devant la preuve incontestable de leur culpabilité. Or, je comprenais maintenant la parade, qui ne se réduisait pas à une simple ruse, mais résultait plutôt d'un dédoublement de la personnalité, comme si une partie de soi veillait sur l'autre en prenant le relais lorsque le stress devenait trop intense. Toutes nos énergies étaient alors mobilisées pour que le corps reste en mouvement, que le cœur continue de battre normalement et que le cerveau demeure alerte plutôt que de sombrer dans la folie.

Lorsque les policiers nous ont montré la photo de Donato, j'ai vu le gouffre s'ouvrir devant moi et j'ai bien failli y plonger en leur déballant toute l'histoire. Cette simple pensée m'a soulagée d'un poids, mais à peine avais-je levé les yeux vers Antoine que Mister Hyde a repris le contrôle de mon esprit. Je suis même arrivée à faire un peu d'humour avec tout ça, comme si cette histoire n'avait été qu'un événement sans importance, dont on pouvait tirer un trait d'esprit sans que cela ne porte à conséquence.

« Il n'est pas ici, en tout cas... », voilà effectivement ce que j'ai répondu aux policiers en souriant quand ils m'ont dit qu'ils recherchaient Donato. Quand ils sont partis, plutôt que de me féliciter de ma répartie, j'ai compris que j'étais irrémédiablement passée du côté sombre de l'existence, là où tout se décompose pour ne laisser que des ruines à nos descendants.

> L'esprit humain a un système de défense primitif pour oblitérer des faits trop stressants que le cerveau ne saurait gérer. Cela s'appelle le déni.
>
> Dan Brown

C'est toujours comme ça quand on sait des choses que les autres ignorent. On se croit malin, important – même quand les autres ne savent pas que nous savons. C'est un truc qui se passe à l'intérieur de soi, comme si ce savoir devenait constitutif de notre supériorité, avérée ou pas. Lentement, notre esprit se conforme à cette appréciation et nous renvoie des images positives de nous-mêmes.

Aussi ai-je eu tendance à me moquer intérieurement de ces policiers et de leurs manières un peu brusques. Je les trouvais discourtois, presque grossiers, surtout la femme, qui avait cherché à nous en imposer maladroitement.

L'expérience m'avait pourtant appris à me méfier de ces élans d'autosatisfaction, car chaque fois que je m'y étais abandonné, la vie s'était chargée de me le faire payer, parfois avec pertinence, mais souvent de manière injuste, la sanction ayant renchéri sur la faute. Je m'étais si souvent tiré dans le pied que je devais constamment me méfier, apprendre à me taire sur les sujets de peu d'importance, ne froisser personne, étouffer mes frustrations, approuver au bon moment, sourire aux bonnes personnes, tous ces comportements pour lesquels j'étais peu doué. Car j'avais plutôt tendance à dénoncer la connerie, mais surtout la lâcheté et la dissimulation, incapable de garder pour moi ce que je pensais des faiblesses des uns et des autres, comme si les Parques m'avaient épargné de toute insuffisance.

Je vous parle de cela ici, car pendant l'hiver qui a suivi la visite des policiers, nous avons vécu dans le déni, ma femme et moi, nous croyant au-dessus de tout et de tout le monde, invincibles et inatteignables, alors que la foudre allait s'abattre sur nous une fois le printemps venu.

C'est arrivé en avril. J'avais terminé l'écriture de mon roman – celui dans lequel un vieil homme avait des visions – et j'en avais déposé les feuilles manuscrites chez madame Dubois, secrétaire retraitée de mon département, pour qu'elle mette tout ça en forme dans un fichier Word que je pourrais envoyer à mon éditeur. Elle avait l'œil, savait déceler les incongruités et corriger mes fautes d'accord. Elle avait surtout un don pour déchiffrer mon écriture manuscrite, que n'importe qui d'autre aurait confondue avec la représentation d'une armée de fourmis en route vers leur terrier.

Martin nous avait visités une fois ou deux pendant la saison froide, mais je ne me rappelle pas que nous ayons parlé du cousin de sa femme pendant ces rencontres, sinon de manière très périphérique.

Or, cette fin d'après-midi là, il est arrivé en trombe dans l'allée, a descendu de sa voiture et nous a balancé sa bombe en plein visage avant même que nous n'ayons pu lui souhaiter la bienvenue.

– La police a retrouvé Matteo Donato !

Sur le coup, je n'ai pas bien saisi les implications de la nouvelle que Martin venait de nous livrer, et pour être franche, je n'y ai accordé qu'une attention de circonstances. Car il était évident pour moi qu'il s'agissait d'une erreur. De Martin, de la police, c'était sans importance. Quelqu'un s'était gouré.

Dans la maison, il y avait la jarre à biscuits, et dans la jarre à biscuits, les cendres de Matteo Donato. C'était un fait incontestable. Il ne pouvait donc pas se trouver entre les mains de la police par je ne sais quelle résurrection.

Nous étions donc devant une simple rumeur qui allait vite se dégonfler, ou une méprise dont on allait se rendre compte tout aussi rapidement.

J'ai pris la main d'Antoine pour le rassurer, le convaincre que c'était sans danger, et nous avons invité Martin à nous suivre dans la maison que nous nous préparions à quitter fin juin. Nous avions trouvé un appartement en location dans notre ancien quartier, et je n'étais pas fâchée de passer à autre chose.

Le Refuge allait me manquer – même si nous allions le garder un certain temps comme maison d'été –, mais j'avais besoin d'un peu plus de confort, et de vie autour de moi.

L'appartement était situé près de la rivière et de ses sentiers pédestres. La piste cyclable déroulait son tapis d'asphalte neuf à deux pas de notre porte. En dix minutes de marche, on atteignait la rue principale et ses boutiques, sa boulangerie, son épicerie, sa pharmacie et tout ce dont nous avions besoin pour nous sentir en sécurité. La vie est un combat perdu d'avance, mais nous allions nous battre jusqu'à la fin, en choisissant cependant le champ de bataille de nos dernières querelles.

Bien qu'en bonne forme physique, nous sentions les années que nos corps avaient traversées dans nos muscles moins fermes et nos articulations parfois douloureuses.

Antoine avait pris un coup de vieux au cours de la dernière année, et je m'inquiétais davantage pour lui que pour moi. Je surestimais sans doute ma capacité à contrôler mon stress, mais j'étais celle qui, de nous deux, savait le mieux réagir à l'adversité.

Plus on a peur et plus on fuit, plus on a de chances de tomber dans le piège de l'ennemi.

Ryû Murakami

Martin tenait l'information de sa femme, qui la tenait elle-même d'un contact au sein de la Sûreté du Québec. Matteo Donato avait été localisé dans le nord de l'Alberta, et il était en route pour le Québec pour y subir un interrogatoire. Toujours selon Martin, des accusations de meurtre allaient être déposées contre lui.

Nous savions, ma femme et moi, qu'il y avait méprise, mais nous ne pouvions pas nous en ouvrir à Martin. Nous nous contentions donc d'écouter son histoire et de réagir au moment où il fallait réagir, posant des questions anodines. Pourquoi ? Comment ? Martin n'avait évidemment pas les réponses, mais on en saurait davantage bientôt.

– Ça m'a tout l'air d'un crime passionnel, a lancé ma femme avec juste ce qu'il faut de conviction pour que Martin acquiesce.

– Je vois pas autre chose.

De mon côté, je n'arrivais pas à me sortir de la tête qu'un pauvre type, quelque part entre l'Alberta et le

Québec, était victime d'une erreur judiciaire. Peut-être ce garçon avait-il usurpé l'identité de Donato, ou était-ce un homonyme, qui sait. En tout cas, il ne s'agissait pas du petit puisqu'il ne restait de son corps que les cendres encore tassées dans la jarre à biscuits.

Après la mort du grand, j'avais voulu m'en débarrasser, mais ma femme avait insisté pour les conserver jusqu'à ce que nous ayons décidé de l'endroit où nous allions les disperser. La connaissant, j'avais deviné que ce serait pendant un voyage que nous ferions exprès en Italie, à Matera, la ville natale de Donato. Dans son esprit, nous avions une dette envers le petit, et envers le grand aussi, et ce ne serait que par une cérémonie symbolique que nous pourrions nous en acquitter.

Une fois que nous avons épuisé le lot d'informations disponibles sur le sujet – heureux du même coup de pouvoir faire diversion –, j'ai interrogé Martin sur ses projets d'écriture.

– L'usine est au repos, a-t-il répondu avec dépit. Les approvisionnements sont à sec. Avec les enfants, la famille, le travail, quand je m'installe devant l'ordinateur, mon cerveau fatigué produit une sorte de bouillie pour les chats remplie de clichés dans laquelle je patauge en me disant que je vais bien pouvoir en tirer quelque chose un jour. Mais ce jour vient jamais, et pour être honnête, je suis sur le point d'oublier ça.

Ses propos m'ont désolé, car Martin avait beaucoup de talent, et une voix unique, la plupart du temps ironique, capable de retourner une situation pour nous en faire voir une facette inattendue.

Son premier roman, écrit sous ma direction pendant ses études de maîtrise, avait été publié dans une grande maison d'édition. Les critiques en avaient parlé en bien dans les journaux, et je crois qu'il avait su rejoindre un nombre appréciable de lecteurs. Son deuxième titre avait moins bien marché, mais Martin y avait à mon sens peaufiné son écriture, devenue plus incisive, plus précise, au service d'une histoire simple mais bien menée, avec une finale émouvante.

– Donne-toi du recul, arrête de forcer les choses. Tu te mets trop de pression.

Il a souri. C'était sa manière de me donner raison.

– Il y a un personnage qui apparaît furtivement dans ton premier roman, a souligné ma femme, lectrice redoutable. Anaïs, la fille du Grand Nord. J'ai toujours trouvé que tu l'avais abandonnée un peu vite dans ton récit, qu'elle avait des choses à dire de son coin de pays, mais surtout de son exil dans le Sud. Elle est là, unique au milieu des autres alors que tu nous la présentes semblable aux autres. Je suis certaine que si tu lui laissais une chance, elle serait assez forte pour porter sur son dos l'armature d'une histoire. Un roman, je sais pas. Une nouvelle peut-être… En tout cas, je dis ça comme ça. Je pense souvent à cette jeune femme, ce qui veut dire qu'elle existe déjà quelque part, du moins dans mon esprit, et sans doute dans le tien.

La remarque de ma femme a fait son effet, Martin se mettant à nous parler de ce personnage inspiré d'une compagne de classe venue de l'Abitibi qui en gardait une grande fierté. Le simple fait de se remémorer le temps où il l'avait côtoyée a lancé Martin sur une piste, et les questions ont fusé. Où avait-elle grandi ? Dans quel type de famille et dans quel milieu social ? Avait-elle des frères et des sœurs ? Des grands-parents ? Son enfance avait-elle été heureuse ou malheureuse ? Quel drame l'avait poussée à quitter sa région ? Querelle familiale ? Peine d'amour ?

Ou avait-elle simplement cherché à s'émanciper sans en connaître elle-même la motivation profonde ?

Nous avons tous les trois multiplié les hypothèses pour le simple plaisir de voir naître l'histoire de vie de cette Anaïs – finalement fille unique élevée par son père à la suite du décès de sa mère, tombée par inadvertance dans les remous impitoyables de la rivière du Gouffre sous les yeux horrifiés de son mari et de sa fille de huit ans. Tout était en place pour que le roman de Martin s'écrive de lui-même, et c'est poussé par une énergie nouvelle qu'il nous a donné l'accolade avant de nous quitter.

J'ai félicité ma femme pour l'élan qu'elle lui avait fourni, mais son esprit venait de bifurquer vers des préoccupations plus importantes.

– Ça sent le coup monté, a-t-elle lâché en dégageant la table de nos verres vides.

J'ai compris qu'elle parlait de ce faux Matteo Donato que la police était allée chercher dans les plaines canadiennes.

– Je serais pas surprise que ce soit un piège, une histoire inventée par la police pour provoquer les choses dans une enquête qui piétine.

Son flair, encore une fois, m'impressionnait. Bien sûr, ce ne pouvait être que ça, une tactique pour attirer les mouches. Comme celle que j'allais accrocher au bout de ma ligne dix minutes plus tard pour aller taquiner la truite printanière dans la rivière.

Il me paraissait plausible que la police tente de faire avancer son enquête par des tactiques peu orthodoxes, mais je ne nous sentais pas visés par ces manœuvres. Visiblement, bien des éléments de ce qui unissait Dusseault et Donato nous échappaient, et pour tout dire, cela faisait bien notre affaire. Moins nous en savions sur eux, moins les regards se tourneraient vers nous.

Avec l'arrivée du printemps, je m'étais remise aux plates-bandes et à l'entretien du terrain, ramassant les dernières feuilles mortes de l'automne précédent, sarclant ici, plantant là cannas et rosiers sauvages, dégageant les vignes et les bosquets. L'amélanchier avait fière allure, et je pourrais bientôt le libérer de son tuteur.

En retrouvant le plaisir du travail manuel, j'en venais presque à regretter notre décision de nous réinstaller en ville. Les odeurs et le vert si particulier des jeunes pousses, les fougères du sous-bois, le bruit lancinant de la rivière, tout cela allait me manquer le jour où je n'y aurais plus accès.

Je n'allais cependant pas m'ennuyer des moustiques qui, bientôt, allaient prendre d'assaut ma peau de lait allergique aux piqûres. Je craignais que le chasse-moustiques ne donne le cancer. Aussi, je ne l'utilisais qu'avec parcimonie, au grand plaisir de mes rivales, qui savaient trouver les parcelles de mon épiderme que le DEET n'avait pas protégées.

> Leur rire était affectueux. Je jouissais de ce rire comme un chien à qui l'on a donné des coups de pied mais qui reçoit maintenant des caresses, et en éprouve de la reconnaissance.
>
> Joyce Carol Oates

Comme nous n'avions pas l'Internet à la maison, je relevais mes courriels une fois la semaine, la plupart du temps au café du village ou au point de service du centre de vacances. Même si j'avais quitté l'université, on continuait de m'y inviter à quelques activités liées aux arts et à la création littéraire. Je ne répondais pratiquement jamais à ces invitations, sinon lorsque je me sentais redevable envers quelqu'un. C'est ainsi que je me suis retrouvé, un matin de mai, à discourir sur mes activités passées de professeur de création littéraire dans un colloque portant sur les ateliers créatifs en milieu universitaire. La table ronde à laquelle on m'avait convié était animée par une de mes anciennes étudiantes, devenue professeure à son tour, qui avait insisté pour que je me joigne à cette discussion.

Il y avait autour de moi deux jeunes professeurs français, responsables des tout premiers programmes de création littéraire aux études supérieures du système universitaire hexagonal, une collègue d'une université américaine et un « chercheur-créateur » québécois que je ne nommerai pas ici, mais qui faisait des ravages dans son petit milieu en inscrivant l'acte d'écriture dans un système complexe de théories croisées qui le faisait s'exprimer en concepts superposés, dans un charabia devant lui garantir une agrégation imminente.

Au fil de nos échanges, je me suis senti bien seul à défendre la littérature comme un art plutôt qu'une science, l'atelier d'écriture comme un espace d'échange et de complicité plutôt qu'une arène où devaient s'affronter des ego surdimensionnés, l'acte d'écriture comme le mouvement libre de la pensée plutôt que l'aboutissement d'une démarche ou d'un projet.

J'étais du côté de Julien Green, qui disait *J'écris mes romans pour savoir ce qu'il y a dedans,* et ajoutait *Le secret, c'est d'écrire n'importe quoi, c'est d'oser écrire n'importe quoi, parce que lorsqu'on écrit n'importe quoi, on commence à dire les choses les plus importantes.*

Vous dire le peu d'effet que mes propos ont eu sur l'auditoire, constitué d'étudiants à qui on avait laissé croire que l'université avait donné aux arts et à la littérature une légitimité nouvelle, alors que mes années de pratique m'avaient plutôt persuadé qu'elle les avait vidés de leur substance et que l'avenir de la littérature vivante viendrait de sa réappropriation par le *profane.*

J'ai mis un certain temps à répondre à la question volontairement provocatrice d'une jeune femme aux cheveux courts, vêtue comme les quatre ou cinq étudiants qui l'entouraient des habits du conformisme contestataire contemporain – t-shirt noir, jean noir et bottes Dr. Martens (noires) –, lancée du fond de la salle comme un appel à la révolution.

– Avez-vous lu les auteurs de la relève ?

Je tentais autant que possible de rester au fait de ce qui se publiait chez nous et à l'étranger, avais vu apparaître une armée de nouveaux écrivains, pour la plupart issus des programmes de création littéraire de nos universités, quelques-uns ayant transité par mon bureau pour leurs études de maîtrise ou de doctorat. Certains me séduisaient, d'autres moins, comme pour les auteurs des décennies précédentes. Aussi ai-je reçu la question de cette jeune femme comme le cri désespéré de sa génération en manque d'affection. Mes dernières années d'enseignement m'y avaient préparé, car il n'avait pas été rare que j'aie à faire face à ce qu'on appelle l'arrogance de la jeunesse, chaque fois ému par son désir de faire table rase du passé.

– Vous seriez gentille de préciser votre question.

– Ma question est claire, connaissez-vous le travail des jeunes auteurs et, si oui, lesquels vous paraissent les plus prometteurs, genre ?

Il y avait là un piège que j'ai tenté d'éviter, conscient que plusieurs de ces jeunes écrivains étaient dans la salle, en identifiant plutôt les courants dominants de la production littéraire contemporaine, intimisme bifurquant parfois vers un narcissisme exacerbé, angoisse pratiquement généralisée, questionnement omniprésent sur les identités de genre, recherche de repères sociaux ou culturels – souvent inexistants –, évacuation du collectif et des emportements nationaux, conscience écologique qui tourne à vide ou s'empêtre dans les clichés. Les générations précédentes avaient eu leurs lubies elles aussi, dont elles devaient rougir lorsqu'elles regardaient dans le rétroviseur. Or, on est toujours un peu le fruit de son époque, ou de celle qui nous a précédés.

Mon ancienne étudiante, qui dirigeait la discussion, m'a interrompu en exprimant le fait que je lui semblais amer, désabusé. Je lui ai dit qu'au contraire, je trouvais les jeunes d'aujourd'hui vifs et intelligents, mais si pessimistes face à l'avenir qu'il m'arrivait, dans mes moments de faiblesse, de les plaindre.

Les autres panélistes ont enchaîné, certains pour approuver, d'autres pour me contredire, et c'était bien comme ça, car cela me permettait d'entendre des arguments auxquels je n'avais jamais réfléchi.

Après une heure de discussion, nous avons tous quitté la salle pour un repas communautaire dans le hall du pavillon. À mon grand étonnement, la jeune femme aux Dr. Martens et ses amis sont venus s'asseoir à mes côtés, ce qui a donné lieu à une conversation des plus agréables sur l'éclatement des genres littéraires et la fragmentation dans les récits contemporains. J'avais devant moi des jeunes qui répondaient à la définition que j'en avais livrée un peu plus tôt, stimulants, lucides, volontaires, mais empêtrés dans les catégories que l'actualité leur imposait.

Je me suis éclipsé après le repas pour arpenter le couloir où se situait jadis le bureau dans lequel j'avais reçu mes étudiants et rédigé certains de mes romans. Il était maintenant occupé par une jeune professeure de théâtre dont on ne disait que du bien, ce qui n'était pas pour me déplaire.

Je suis sorti du pavillon sans nostalgie, mais avec une secrète reconnaissance pour ceux qui avaient rendu efficiente l'infinitésimale probabilité que je devienne professeur d'université, des collègues ouverts d'esprit, prêts à accepter dans leurs rangs l'électron libre que j'étais, venu s'accrocher par la magie de la littérature à leurs atomes crochus.

Le soleil de mai m'a ébloui un moment alors que je marchais vers le stationnement pour récupérer ma voiture, et c'est en portant une main à mon front que j'ai entendu quelqu'un crier mon nom derrière moi.

– Antoine ! Attendez !

Je me suis retourné vers mon ancienne étudiante, qui courait dans ma direction.

– Merci d'être venu, a-t-elle dit une fois à ma hauteur. Tout le monde a apprécié.

– C'est gentil de le dire, mais je suis pas convaincu qu'ils partagent tous votre enthousiasme.

– Si, si, je vous assure.

J'ai baissé la tête et l'ai remerciée de nouveau.

– Je vais me marier en juillet, a-t-elle enchaîné sans transition.

– Avec… excusez-moi, j'ai oublié son nom.

– Charles.

– Charles, l'historien.

– Oui, c'est ça.

– Félicitations !

– Merci… En fait, on organise une petite fête pour l'occasion, et j'aurais aimé vous inviter, vous et votre femme, car on va en profiter pour célébrer du même coup l'obtention de mon poste à l'université. Comme c'est un peu grâce à vous, je…

– J'ai aucun mérite, c'est toi qui as fait tout le boulot.

– Oui, vous avez raison, quoique… Je sais en quoi je vous suis redevable, Antoine. Aussi, je serais très heureuse que vous puissiez être des nôtres.

Comme elle était visiblement émue, je me suis empressé d'accepter son invitation. Elle a applaudi comme une fillette, les mains devant son visage. Elle allait m'écrire un courriel avec les détails. Nous nous sommes serré la main, puis je l'ai regardée regagner le pavillon en repensant au jour où elle était entrée dans mon bureau avec ses cartables sous le bras – c'était à l'époque une jeune femme d'à peine vingt-deux ans – pour me demander si je croyais qu'elle avait ce qu'il fallait pour entreprendre des études de maîtrise.

J'ai finalement atteint ma voiture et pendant l'heure et demie qui a suivi, j'ai roulé vers la maison en pensant à mes années d'enseignement jusqu'à ce que le visage de Matteo Donato, tel que nous l'avait révélé la policière Turgeon, me rattrape au détour d'une courbe plus dangereuse que les autres.

Nous avons vécu comme un baume les quelques jours de flottement qui ont suivi les révélations de Martin concernant l'arrestation de Donato. Mais lorsque la presse locale a confirmé sa mise en accusation pour meurtre, j'avoue que j'ai perdu pied.

Car si ce n'était pas lui que nous avions enterré au fond de notre terrain, de qui s'agissait-il ?

Cette question me hantait plus que jamais lorsqu'Antoine est rentré de son colloque à l'université et que je lui ai mis sous le nez le journal du matin, qu'il n'avait pas eu le temps de lire. On y voyait le portrait de Matteo Donato, tiré de la même photographie que les policiers nous avaient présentée, au-dessus d'un article plutôt bref qui identifiait la victime et spéculait sur les motifs de l'assassinat, hésitant entre le crime passionnel et le recouvrement d'une dette qui aurait mal tourné.

Antoine s'est effondré sur le canapé, incapable de réagir autrement que par un silence profond. Je me suis assise près de lui et j'ai posé une main sur sa cuisse. Nous sommes restés dans cette position de longues minutes, figés dans notre accablement.

J'ai fermé les yeux, et je crois que je me suis endormie, comme si mon corps avait voulu me protéger en m'extirpant pour un temps du réel.

Quand j'ai rouvert les yeux, Antoine s'était assoupi lui aussi, et c'est dans la pénombre du crépuscule que nous nous sommes activés de nouveau, alourdis et déboussolés par la tournure des événements.

> Est-ce que je mérite ou non ce qui m'arrive ? Si je le mérite, ce n'est pas une insulte mais un jugement ; si je ne le mérite pas, c'est à l'auteur de l'injustice d'en rougir.
>
> Sénèque

Dès la fin mai, une nuée de moustiques nous ont assaillis comme jamais auparavant, se déplaçant en troupeaux, voraces malgré leur petite taille. Il arrivait même que nous devions nous réfugier à l'intérieur de la maison pour retrouver un peu de tranquillité. Mais cela n'empêchait pas Marie de se pencher chaque matin sur son jardin, recouvert la nuit d'une bâche pour protéger ses semences d'un gel tardif.

Nous agissions tous les deux comme si l'histoire de Matteo Donato ne nous concernait plus, alors qu'elle nous hantait de l'aube au crépuscule. Je le voyais à la mine renfrognée de Marie, à sa manière de détourner les yeux chaque fois qu'une nouvelle nous faisait penser à lui.

Un matin, je lui ai dit « tu veux en parler ? » Je l'avais trouvée à genoux dans la terre noire, perdue dans ses pensées, une petite pelle à la main. Elle a laissé tomber son outil, puis elle a levé les yeux vers moi. J'ai vu dans son regard la profondeur de son désarroi, comme si elle me suppliait de la sortir du puits aux murs lisses où elle était tombée. Moi-même démuni, je n'avais aucune corde à lui lancer pour la hisser hors de sa souffrance.

Nous étions convaincus tous les deux que notre salut passait par la découverte de la vérité. Nous ne pouvions pas vivre sans savoir qui était l'homme qui s'était décomposé dans notre terrain. Or, comment pouvions-nous répondre à cette question sans nous incriminer ? Car il aurait fallu parler de ce qui s'était produit, expliquer la situation, les circonstances du drame. Mais nous n'avions aucune excuse pour ce que nous avions fait du corps par la suite, et on nous reprocherait notre silence coupable.

Ma femme s'est levée et elle a pris ma main. La sienne tremblait légèrement. Elle a déposé un baiser sur ma joue, puis elle est rentrée. Je l'ai suivie du regard jusqu'à ce que la maison l'avale et je me suis dit que la vie était injuste de nous avoir imposé ce fardeau. Nous avions vieilli tous les deux, nos corps affaiblis par le temps, mais aussi par le stress des derniers mois. Nous n'étions pas constitués pour porter un aussi lourd secret.

J'ai pris l'arrosoir de métal et j'ai terminé le travail au jardin, puis je me suis aspergé de chasse-moustiques et suis allé m'asseoir sur le quai, devant la rivière gonflée par la fonte des dernières neiges. Tassé sur ma chaise, j'ai attendu que le temps passe sans savoir quoi en faire. Un couple de geais bleus a tenté de me distraire, mais je n'avais rien à leur dire, trop enragé contre le destin, c'est-à-dire contre moi-même puisque j'étais celui qui avait appuyé sur cette maudite gâchette.

Mon esprit s'est mis à divaguer, et je me suis rejoué le film de ma vie, une œuvre de série B, cinéma d'auteur en manque de spectateurs, toujours un peu à côté de la cible. Écrivain mineur, musicien sans public, peintre du dimanche matin. Pourtant, je n'avais rien pour me plaindre. Choyé en amour, je n'avais jamais manqué de rien, avais voyagé tout mon saoul et avais réussi à me libérer de l'université sans trop de séquelles. Mais pourquoi fallait-il que ça se termine ainsi ? Je ne méritais pas ça. Marie ne méritait pas ça. Bien sûr, personne n'a jamais ce qu'il mérite dans la vie, richesse extrême, maladie incurable, accident, perte d'emploi… Mais ce matin-là, je n'arrivais pas à m'extirper de mon propre malheur pour le relativiser.

Quand je suis rentré, vers midi, ma femme dormait sur le divan, et j'ai compris que nous devions agir avant que la Terre ne s'arrête de tourner.

Je lis ces mots de mon mari et je me revois ce matin-là, agenouillée dans le jardin. C'est parce qu'il me connaît bien – après tout ce temps, quoi de plus normal – qu'il a deviné l'étendue de ma confusion. Car j'étais effectivement au fond du trou, incapable d'en remonter, me répétant moi aussi que c'était injuste. Pas tellement pour nous comme pour celui que nous avions enterré.

J'avais développé pour cet inconnu une forme d'attachement, comme si sa vie, que nous lui avions pourtant ravie, m'était chère. Ce sentiment était beaucoup plus intense que ce que j'en dis ici puisque je pensais à lui avec la même affection que je porte à mes enfants.

Je n'aurais pas su l'expliquer à Antoine, car je n'arrivais pas à me l'expliquer moi-même. Aussi ai-je choisi de me réfugier dans un silence qui m'évitait de lui mentir.

Dans mes rêves, c'est d'ailleurs ce que je voyais le plus régulièrement, des enfants vêtus de blanc jouant dans un champ d'un vert éclatant. Les mains autour de la bouche, je criais son nom qui n'était pas un nom.

Le petit !

Aucun enfant ne se retournait, comme si ma voix ne portait pas plus loin que mes souliers. Je criais plus fort.

Le petit !

Toujours en vain. Je les entendais rire et exprimer leur joie d'être ensemble. Certains dansaient, d'autres soufflaient des boules de pissenlits dont les aigrettes flottaient sous le soleil.

Je pleurais sans savoir si c'était de joie ou de tristesse.

Je me suis réveillée quand Antoine a secoué mon épaule. Il répétait mon nom en replaçant une mèche de mes cheveux derrière mon oreille.

Je suis sortie des limbes de mon sommeil en me frottant les yeux. Antoine se tenait debout devant moi, son chapeau un peu de travers sur la tête, et j'ai eu pitié de nous.

– Je vais y aller, lui ai-je dit. On va laisser passer un peu de temps, puis je vais y aller.

> Aussi longtemps que tu vis, il y a toujours quelque chose qui te guette, et même si c'est mauvais, et si tu sais que ça l'est, qu'est-ce que tu peux faire ? Tu peux pas t'arrêter de vivre.
>
> Truman Capote

Je trouvais l'idée trop risquée, et ne comprenais pas qu'une telle témérité ait traversé l'esprit de ma femme. Nous étions tous les deux désemparés, mais pas au point de nous mettre ainsi en danger. En y réfléchissant, je ne voyais pas à quoi cela allait nous avancer de savoir qui nous avions enterré dans notre terrain, surtout que nous avions tout fait pour que personne ne le reconnaisse.

Mais Marie semblait décidée, et cherchait le prétexte qui lui permettrait de rendre visite à Matteo Donato dans la prison du nord de la ville où il attendait son procès.

Elle avait d'abord proposé que ce soit moi qui y aille, prétendant vouloir écrire un livre sur l'histoire de ce voyou.

– Tu sais, comme ce type, là, Truman Capote, quand il a écrit son livre sur un jeune tueur du Kansas…

– *De sang-froid*, c'est le titre du livre.

– Oui, c'est ça. Avec Donato, c'est pareil. Un fils d'immigrants italiens, sans histoire particulière, qui finit en tôle pour avoir tué son amant. Tout est là pour intéresser un écrivain, non ?

– J'ai jamais rien écrit de ce genre. J'en serais bien incapable de toute manière.

– Antoine... Pas à moi, s'il te plaît. Tu peux tout écrire, tu le sais bien. Et puis, s'agit pas de te taper ce travail, mais de découvrir qui est le pauvre garçon qui s'est décomposé dans notre terrain. Le livre, c'est qu'une façade, la clé qui va te permettre d'entrer en contact avec Donato.

– J'irai pas à cette prison, ai-je tranché en me retirant.

Elle m'a laissé m'éclipser sans me retenir. J'ai marché jusqu'au centre de vacances d'un pas rapide, sans me retourner, puis je me suis assis devant le lac, frissonnant sous le nordet. Au loin, une femme pagayait sans effort dans son kayak vert fluo. Le lac venait à peine de caler et l'eau y était encore froide. Elle a levé la main pour me saluer, je lui ai rendu la politesse machinalement, puis son embarcation a poussé vers le sud avant de disparaître derrière la pointe.

Le froid m'a contraint à me relever. Parce qu'il n'était pas encore ouvert, le centre de vacances semblait abandonné. Jonché de pommes de pin et de branches cassées, le chemin principal avait besoin d'un bon coup de râteau. Les balançoires couinaient sous le vent. Le sable des aires de jeu, volley-ball et badminton, hébergeait quelques touffes d'herbe incongrues. Au loin, un pic majeur s'activait à intervalles réguliers.

Je me suis dit que l'essentiel de la vie est fait de ce type de tranquillité, que pendant que nous nous ébrouons, la nature file son temps, paisible, souveraine, insensible à nos tourments.

De retour à la maison, j'ai retrouvé ma femme dans son quant-à-soi, assise dans un coin du salon, un livre à la main – un roman de Didier Decoin dont elle me dira plus tard le plus grand bien. Et c'est ainsi que nous passerons nos journées en attendant de regagner la ville à la fin du mois de juin.

Pour tout dire, nous n'avions pas grand-chose à préparer pour notre réinstallation en ville puisque nous y avions loué un logement meublé et que nous gardions le Refuge comme chalet d'été. Nous allions partir avec nos vêtements et les quelques objets dont nous ne nous séparions jamais, souvenirs de voyages et porte-bonheur – inopérants depuis plusieurs mois maintenant.

Un soir, Martin est arrivé avec un cartable sous le bras qui renfermait les cinquante premières pages de son nouveau roman. Il avait suivi la piste que j'avais ouverte devant lui, sur les traces d'Anaïs, la fille de l'Abitibi, et souhaitait recueillir notre avis sur le début de son récit.

Nous avons lu le texte d'un trait le lendemain matin, nous passant les feuillets au fur et à mesure, Antoine et moi. Sans que ce ne soit pour les mêmes raisons, nous avons beaucoup aimé tous les deux. Antoine ne cessait de répéter que Martin avait enfin trouvé son style, une manière d'écrire qui lui ressemblait, à la fois sobre et pointue. Je m'étais quant à moi laissé porter par l'histoire de cette orpheline née à Béarn, village perdu au centre d'un essaim de mouches noires, pour qui la grande ville s'apparentait à un précipice dont elle devait s'éloigner pour ne pas s'y disloquer.

Avec le recul, je comprends aujourd'hui pourquoi je me suis identifiée à cette jeune femme ce matin-là au point de pleurer son destin comme s'il s'agissait du mien. Car je marchais moi aussi au bord du gouffre avec la crainte qu'un soudain vertige me fasse perdre pied.

Antoine a deviné mon trouble, et à la fin de ma lecture, il est venu vers moi et m'a serrée longuement contre lui.

Il comptait sur notre déménagement pour nous extraire du marasme dans lequel nous avions plongé. En nous éloignant de la fosse où nous avions enterré le petit, peut-être allions-nous réussir par moments à le sortir de nos esprits et nous remettre à respirer un peu plus normalement.

Nous avons emménagé le trois juillet dans un condo rempli de lumière situé à deux pas de la rivière. Nous venions de tripler notre espace de vie, et de quintupler notre confort avec le chauffage électrique, la douche hydromassante et la climatisation.

Debout devant la large fenêtre qui donnait sur les arbres bordant le cours d'eau, Antoine s'est mis à pleurer. Je le voyais à ses épaules voûtées et à l'immobilisme de son corps. J'ai fait un pas vers lui, puis je me suis arrêtée, figée tout à coup par une vérité que je ne voulais pas accepter. C'est dans ce décor que nous allions vivre tous les deux les dernières années de notre vie.

Il effectuait une mesure à laquelle il ne s'était encore jamais essayé : de combien pouvait-on éloigner une rêverie de la réalité sans qu'elle tombe en miettes ?

Henning Mankell

Devant la beauté du paysage, havre de verdure en plein centre de la ville, suivant du regard les cyclistes qui filaient sur la piste comme dans une étape du Tour de France, je prenais la mesure de ma déréliction.

J'avais soixante-huit ans et je me retrouvais en rupture avec tout ce qui m'entourait. Mis à part Marie, je ne me reconnaissais d'affinités avec personne.

Apatride dans mon propre pays, atterré par l'insignifiance des débats qui animaient ma société pendant que, par-derrière, les vrais larrons se réjouissaient de cette indigence, je sentais le sol se dérober sous mes pieds sans savoir si ce qui allait venir après – c'est-à-dire après moi – allait faire grandir ma patrie ou l'anéantir.

La littérature dite nouvelle, souvent larmoyante et victimaire, égocentriste à en devenir pathétique, jouant avec la forme en guise de hochet, montant en épingle ce qui n'était que vacuité, répondait aux modes en s'y laissant avaler. À travers quelques œuvres plus réussies, on encensait sans scrupules la mièvrerie et l'insipidité.

Écrasé par un sentiment d'inadéquation, j'avais quitté l'université en ne saluant que quelques collègues, et sans que les autres ne soulignent mon départ.

Comme je ne me reconnaissais pas dans cette frustration constante qui m'animait, je m'étais convaincu que de m'installer à la campagne allait rééquilibrer mes chakra et m'insuffler la félicité tant recherchée. Je croyais même y être parvenu avant que le petit et le grand ne se présentent chez nous.

Or, ce jour-là, debout devant la fenêtre de notre nouvel appartement, je me savais condamné à mourir inapaisé. J'en imputais la faute à mon incapacité à m'adapter, inapte à déchiffrer la partition que nous devions jouer tous ensemble. J'avais multiplié les fausses notes et m'étais finalement exclu de l'orchestre avant qu'on ne m'indique la sortie.

Une larme a coulé sur ma joue. Je ne pleurais pas tant sur mon sort que sur celui de Marie, dont le destin avait basculé avec le mien. Tout ce que j'avais imaginé pour notre fin de parcours n'allait jamais se réaliser, car nous allions devoir supporter le poids de nos erreurs jusqu'au jour de notre mort.

C'est toujours comme ça quand on franchit le point de non-retour. On se dit que si c'était à refaire, on agirait autrement. Nous aurions pu, Marie et moi, appeler la police quand nous avons découvert le corps du petit. On m'aurait sans doute fait un procès pour négligence ou quelque chose du genre, homicide involontaire, je ne sais trop. J'aurais plaidé la légitime défense et puis voilà, advienne que pourra, j'aurais assumé mon geste et ma conscience en aurait été quitte – de même que celle de ma femme.

Je me suis ressaisi, je suis sorti du monde parallèle où j'étais en train de m'enfoncer et j'ai essuyé ma joue. Je savais que ma femme était derrière moi à jongler avec des pensées à peu près similaires aux miennes. Aussi me suis-je retourné pour la libérer de ses tourments. Elle m'a souri si tristement que je me suis remis à chialer.

Il était évident que plus jamais je n'allais libérer personne de quoi que soit, demeurant un fardeau pour les autres. Je devais rendre les armes, m'avouer vaincu et me soumettre.

Le mariage de l'étudiante de mon mari auquel nous avions été invités avait lieu le samedi suivant.

On avait élevé une immense tente en bordure d'un lac, sur un terrain gazonné appartenant à l'oncle de Virginie, mariée ravissante dans sa robe cintrée, toute simple, sans traîne ni crinoline. Ses cheveux blonds avaient été noués en un chignon torsadé qu'un ruban assorti au bleu clair de sa tenue enjolivait de manière subtile. À peine maquillée – un soupçon de fard à paupières et une mince couche de rouge à lèvres –, elle était arrivée au bras de son papa, visiblement ému dans son smoking noir.

Le marié devait mesurer plus de deux mètres et portait un habit bleu ciel sur une chemise rose. Ses pantalons courts laissaient voir des baskets blanches marquées d'un logo que je ne connaissais pas – un M et un K encerclés.

Nous étions une cinquantaine de personnes, familles et amis, à prendre place sur les chaises de plastique installées devant une petite estrade équipée d'un microphone et d'un lutrin. Nous avons entendu Adele chanter en anglais une chanson dont je ne saurais dire le titre pendant que le célébrant – le cousin du marié – installait son cartable sur le lutrin. Les gens ont applaudi à la fin de la chanson quand ils ont vu les mariés monter sur l'estrade.

Contrairement à ce que je craignais, tout cela se déroulait sans emphase, le cousin alignant des mots simples – souhaits de bonheur et fierté partagée. Virginie a remercié tout le monde d'être là pour vivre ce moment heureux avec eux, le marié a osé deux ou trois blagues juste assez drôles pour nous tirer un sourire sincère.

Le soleil se reflétait dans l'eau du lac, où des curieux en canots et en chaloupes s'étaient rassemblés et avaient applaudi avec nous à la fin de la cérémonie.

Les mariés s'étaient embrassés une dernière fois avant de recevoir les félicitations et les petits cadeaux de leurs proches.

Nous nous tenions à l'écart, Antoine et moi, accompagnés de quelques anciens étudiants, amis de la mariée. Je sentais Antoine heureux de se voir entouré de ces jeunes devenus des adultes accomplis, qu'il avait vus s'épanouir dans ses cours et tout au long de leurs études. Il prenait de leurs nouvelles avec attention, s'intéressait à leur parcours, alimentait la conversation sans se faire prier, levait son verre lorsqu'on lui annonçait une publication, l'obtention d'un emploi ou la naissance d'un enfant.

Après un moment, Virginie nous a rejoints, recevant avec joie les accolades de ses camarades. Elle tenait encore son bouquet, dont elle se servait pour s'éventer un peu.

Elle nous a remerciés d'être venus, Antoine lui a glissé une petite enveloppe dans laquelle nous avions mis quelques billets et nos souhaits de bonheur.

– Oh, ce n'était pas nécessaire, a-t-elle bafouillé. Vous savez, de la famille, je comprends, mais vous…

– Tut tut tut! l'a interrompue Antoine. C'est qu'un petit présent, tu verras.

Elle a baissé les yeux et nous a remerciés de nouveau. Puis elle a pris ma main.

– Vous êtes ravissante, a-t-elle lancé, sincère.

Pourtant, j'avais mis la seule robe qui me donnait un look un tant soit peu recherché, toute simple à vrai dire, sur laquelle j'avais déposé un collier de fausses perles.

– Merci, c'est gentil. Je vous rends la pareille, Virginie. J'espère que ce garçon se rend compte de la chance qu'il a, ai-je ajouté en désignant son compagnon.

Elle s'est esclaffée.

– Nous sommes tous les deux chanceux d'avoir vu nos routes se croiser.

– Charles est historien, a précisé Antoine pour participer à la conversation.

– Je sais, ai-je dit, mais nous parlons d'autre chose, Virginie et moi.

Comme elle ne voulait pas s'immiscer dans ce type de discussion, Virginie s'est enquise de ce que je faisais pour occuper mon temps.

Je lui ai expliqué que nous étions revenus nous installer en ville il y a peu de temps et que j'étais à planifier mon automne.

– Je viens justement de donner mon nom à une association de bénévoles.

Antoine, à qui je n'avais rien révélé de cette initiative, m'a regardée de biais pendant que Virginie posait une main sur mon avant-bras.

– C'est vrai ? a-t-elle dit. Dans quel domaine ?

J'ai détourné le regard un moment, puis suis revenue à elle en bombant légèrement le torse.

– Je vais aller rencontrer des détenus à la prison du nord de la ville.

Antoine, qui allait porter son verre à sa bouche, a retenu son geste. Virginie a ouvert grand les yeux, attendant la suite.

– Rien de très compliqué, ai-je précisé. S'agit de discuter avec eux, surtout ceux qui n'ont pas de visiteurs, pour les sortir un peu de leur isolement.

Antoine a vidé son verre d'une seule gorgée pendant que Virginie soulignait mon courage et mon sens de l'abnégation. Deux autres filles se sont alors mêlées à la conversation, et nous sommes parties pour une belle demi-heure de discussion sur le déterminisme et le libre arbitre, ce qui nous faisait devenir ceci ou cela, nous tirait dans telle ou telle direction.

Antoine se tenait à l'écart, attiré par un ancien étudiant qui s'inquiétait de son avenir et souhaitait partager ses appréhensions avec lui. Il me lançait de temps à autre un regard rempli de perplexité, auquel je répondais par un sourire furtif.

Puis le père de Virginie est venu vers lui, lui a secoué la main avec vigueur, lui a parlé de ses livres, qu'il avait tous lus, et l'a guidé vers ses frères et sœurs auxquels il tenait à le présenter.

Qui serait assez insensé pour mourir sans avoir fait au moins le tour de sa prison ?

Marguerite Yourcenar

Nous sommes rentrés à la maison vers minuit. Tout au long du trajet, je n'avais pensé qu'à la nouvelle initiative de ma femme.

J'aurais préféré tout arrêter. La police ne s'intéressait plus à nous, on ne parlait plus de Donato dans les journaux, même si le procès n'avait pas encore eu lieu, plus personne ne se rappelait ce fait divers. Alors, pourquoi Marie tenait-elle à parler à ce petit bandit ?

– Pour savoir, Antoine, a-t-elle répondu quand je lui ai posé la question. Découvrir ce qui s'est passé ce soir-là. Refermer le livre, tu comprends ? Tant que nos questions vont demeurer sans réponses, rien de bon pourra nous arriver. On doit nettoyer la table, ranger la vaisselle, secouer les tapis…

J'ai froncé les sourcils devant ses métaphores.

– Arrête, a-t-elle soufflé, tu vois très bien ce que je veux dire.

– T'aurais quand même pu m'en parler avant de t'inscrire à cette association de bénévoles.

Elle a souri, a appuyé sa main sur mon bras.

– Je le fais pour nous deux. Pour nous sortir des sables mouvants où on s'est enfoncés. Fais-moi confiance.

Je craignais quant à moi que cela ne nous y enfonce davantage. Mais sa détermination colorait son visage d'un rose subtil qui la rajeunissait, et je me suis laissé porter par son optimisme.

Nous nous sommes embrassés, puis nous avons fait notre toilette avant d'aller au lit.

Nous appréciions le confort de notre nouvel appartement, mais nous nous ennuyions de la rusticité du Refuge, qui nous gardait en alerte, plus actifs aussi.

Ce soir-là, nous avons fait l'amour tout doucement, un vent frais perçant la fenêtre de la chambre jusque sur nos corps dénudés. Puis je me suis dissous dans une nuit sans rêves.

Lorsque je me suis réveillé, Marie n'était plus à mes côtés. Je l'ai retrouvée à la table de la cuisine, penchée sur sa tablette, une tranche de pain grillé à la main. Le centre de bénévolat lui avait écrit un courriel pour l'inviter à une séance de formation au début de la semaine suivante. J'ai esquissé un sourire quand elle m'a annoncé la nouvelle, et je me suis retiré dans le bureau parce que je ne savais toujours pas si je devais m'en réjouir ou m'en inquiéter.

Je travaillais à l'écriture d'une nouvelle qu'on m'avait commandée pour un collectif dont le thème principal était celui du corps. Ainsi avais-je fait la rencontre d'une jeune femme de vingt-quatre ans, amoureuse d'un homme beaucoup plus vieux qu'elle, musicien et beau parleur, qui lui avait prédit une mort précoce avant de la quitter. Aussi la retrouvions-nous vingt ans plus tard, alitée dans un hôpital, accueillant la mort avec sérénité alors qu'elle devait consoler son amant de jeunesse.

Nous traversions une drôle d'époque, où on reprochait aux écrivains de mettre en scène des personnages qui n'étaient pas de leur sexe ou qui n'avaient pas la même couleur de peau qu'eux, les accusant d'une indécente réappropriation alors que l'empathie, justement, est le moteur qui anime la littérature, l'écrivain laissant l'autre entrer en lui sous la forme d'un personnage par lequel une part de l'existence humaine lui sera révélée.

J'en étais à effectuer mon ultime révision sur ce texte avant de l'envoyer à la directrice du collectif, traquant les répétitions de mots que je n'avais pas encore vues et les phrases que je pourrais peaufiner, lorsque le téléphone a sonné.

C'était Martin, qui appelait pour prendre de nos nouvelles. Je l'ai senti joyeux. Porté par son roman, qui avançait rapidement, il nous a annoncé que nous avions fait notre apparition dans son récit, comme personnages il va sans dire, et voulait savoir si cela nous indisposait.

Ma femme s'en est trouvée ravie, voire touchée. Je ne partageais pas son enthousiasme, me méfiais de l'intrusion du réel dans la fiction, surtout que j'en avais abusé à une certaine époque et que le résultat n'avait pas toujours été concluant. Je demandais à lire avant de me prononcer. Martin s'est gentiment moqué de ma retenue, m'a de fait rappelé deux ou trois de mes livres dans lesquels je ne m'étais pas privé de donner vie à quelques personnages fortement inspirés de personnes bien vivantes.

Il a promis de m'envoyer le manuscrit par courriel pour que je voie de quoi il en retournait.

– Et vous savez quoi ? a-t-il ajouté sans transition. Ma femme a entendu dire que Matteo Donato allait plaider coupable à une accusation d'homicide involontaire. On espère que ça nous empêchera pas de savoir pourquoi il a assassiné Louis.

Nous sommes restés tous les deux sans voix pendant un moment, ma femme et moi, puis Marie a approuvé.

– Oui, on le souhaite.

Martin a enchaîné avec un compte rendu des résultats scolaires de ses enfants et de leur inscription au camp de vacances, et nous nous sommes quittés avec la promesse de l'inviter au Refuge très bientôt.

L'édifice central de la prison, immense bloc de ciment gris, avait sans doute été dessiné par un architecte dépressif pressé de rendre son pensum. Une porte de métal, grise elle aussi et surplombée du chiffre 1, en perçait la façade. Je m'y suis présentée un matin, à la fin du mois de juillet, en compagnie d'une dizaine de visiteurs, principalement des femmes de tous âges, sans doute des épouses et des mères de mauvais garçons.

Après avoir traversé les contrôles de sécurité, je me suis retrouvée assise dans un cubicule de métal devant une vitre au verre épais percé d'une série de fentes horizontales, attendant que se présente celui qui allait devenir mon premier confident.

Il est apparu trois minutes plus tard, plutôt chétif, le visage rasé de près, ses cheveux coupés en brosse. Il s'est assis devant moi avec un sourire gêné, le regard fuyant. Il lui manquait trois dents, une en bas et deux en haut, ce qui lui donnait un air espiègle.

Malgré moi – car on nous avait demandé de ne pas aborder le sujet à moins que cela ne vienne du prisonnier lui-même –, je me suis demandé pourquoi il avait été incarcéré.

Il a croisé les mains sur la tablette devant lui, puis il a levé les yeux vers moi. Je me suis présentée, lui ai demandé son nom. Il s'appelait Charles-Éric, avait trente-deux ans, n'avait jamais été marié et n'avait pas d'enfant. Il purgeait une peine de cinq ans pour importation et trafic de drogues.

En deux minutes, il m'avait livré son pedigree sans fierté ni regrets, avec une forme de détachement, comme s'il parlait de quelqu'un d'autre. Cela m'a émue, et si je ne m'étais pas retenue, je lui aurais parlé du petit et de ce que j'avais fait de son corps après que mon mari lui avait tiré une balle dans le dos. Je lui ai plutôt demandé qu'il me raconte la vie en prison, qu'il me dise ce qui lui manquait le plus. Il a répondu « mon chien ». Un bichon maltais rescapé par la SPCA lorsque les policiers étaient venus le quérir chez lui un matin de novembre.

– Nichon… C'était son nom. Je sais, c'est idiot, mais j'avais perdu un pari, et puis… on s'habitue. Un fidèle, un vrai, toujours dans mes pattes comme une tique, toujours content même quand j'avais pas grand-chose à lui donner à manger. Pas difficile, une tranche de baloney, un fond de céréales, des frites si j'en avais, de la saucisse à hot-dog. Des fois, je ramassais les graines du chat de la voisine sur la galerie. Quand je voyais du monde, je disais « je vous présente mon frère ». C'était comme ça, on se comprenait sans se parler. C'est fou, hein ?

– J'ai déjà eu des chiens moi aussi, et j'ai vécu la même chose avec eux.

Il a souri. Nous étions amis.

Je lui ai déroulé la liste de tous les chiens que j'avais côtoyés dans ma vie, et ils étaient nombreux. Il m'écoutait comme un enfant à qui on raconte une histoire, la tête de biais, les yeux grand ouverts.

Les minutes ont passé, et je me suis soudain rappelé pourquoi j'étais là.

– J'ai un service à vous demander, Charles-Éric, ai-je soufflé en m'approchant.

Il s'est penché à son tour, tendant l'oreille.

– Je dois parler à quelqu'un que vous connaissez, qui est de l'autre côté de la vitre, avec vous.

Il a tourné la tête, a réfléchi un moment, puis m'a accordé de nouveau son attention.

– Je connais pas tout le monde ici, a-t-il dit, sur la défensive. Ça entre, ça sort. Et puis, je suis pas très jasant d'habitude.

– Faut pas vous inquiéter, y a rien de dangereux dans ce que j'aimerais que vous fassiez pour moi. Je serai ici tous les mardis et vendredis matin au cours des mois à venir. J'aimerais que vous indiquiez à Matteo Donato que je souhaite lui parler. Vous le connaissez, non ?

Il a hésité, a fait signe que oui.

– Très bien, alors vous lui dites que la dame du bénévolat avec un petit foulard rouge souhaite s'entretenir avec lui. Vous pouvez faire ça pour moi ?

J'ai bien vu qu'il était déçu, comme si je venais de le trahir après la discussion que nous avions eue.

– Une fois seulement, ai-je précisé. Le reste du temps, je le passerai avec vous, parce que j'ai bien aimé notre échange et que je veux mieux vous connaître.

Ma remarque l'a ragaillardi, et il m'a promis de transmettre mon message à Donato. Je l'ai remercié, et me suis remise à lui parler de mes chiens, dont il répétait les noms après moi : Victor le berger anglais qui n'aimait pas les enfants, Doc le boxer agressif avec les cyclistes, Toupie le bouvier bernois aux hanches déformées, Zoreille le beagle fugueur, Lubie le cocker américain élu le meilleur chien du monde, Praline, dont l'anxiété la faisait s'élancer derrière chaque voiture dont elle croisait la route, et Léo le goldendoodle mort empoisonné dans des circonstances jamais élucidées.

Charles-Éric voulait que je donne des détails sur chacun d'eux, et c'est le gardien qui, après une heure, est venu interrompre mon récit.

Nous nous sommes levés, je lui ai rappelé ma demande, il a mis sa main sur son cœur et a promis de s'en occuper. Nous nous sommes salués, et je l'ai regardé s'éloigner, remarquant qu'il boitait légèrement du côté gauche.

Au sein de cet environnement instable et turbulent, un seul élément reste constant : le changement.

Dalaï-Lama

J'arpentais chaque matin le sentier de terre battue qui bordait la rivière, m'arrêtant devant un bosquet quand un oiseau y chantait sa joie d'être vivant. Depuis la revitalisation de ce secteur du cours d'eau, il n'était pas rare d'y apercevoir merles, carouges, étourneaux et chardonnerets. Depuis deux ans, une grande aigrette, espèce qu'on n'observait jamais si au nord il y a quelques années, surtout en milieu urbain, y passait même quelques jours.

Je ne comprenais pas l'entêtement de ma femme à vouloir parler à Donato. Nous savions que ce n'était pas lui que j'avais abattu et que nous avions enterré dans notre terrain, que Louis Dusseault nous avait menti du début jusqu'à la fin. Bien sûr, nous n'y comprenions rien, et alors ? Qu'avions-nous à gagner à nous mêler aux magouilles de ces vauriens, dont nous aurions plutôt dû nous tenir le plus loin possible ?

De retour à la maison, j'avais de la difficulté à me concentrer sur le manuscrit d'un nouveau roman en chantier. Je cherchais mes mots plus que de coutume et partais dans des rêveries éveillées dont je ne parvenais à m'extirper qu'en me levant de ma chaise pour faire quelques pas ou boire un verre d'eau.

Ma femme restait concentrée sur son projet, imaginant sa rencontre avec Donato comme si elle allait s'entretenir avec le dalaï-lama. Toute tentative de la ramener sur terre se soldait par un échec prenant chez elle la forme d'une bouderie plus ou moins prolongée.

Un soir, dans un élan de colère, elle m'a reproché de ne pas vouloir savoir à qui j'avais enlevé la vie, alignant quelques insultes en lien avec mon manque d'humanité. Je suis sorti de la maison aussi furieux qu'elle et j'ai marché dans les rues du quartier pendant plus de deux heures avant de rentrer, transi de froid parce que j'avais oublié de prendre ma veste.

Dans un accord tacite, nous avons les jours suivants évité le sujet, ce qui ne m'empêchait pas de croire que nous courrions à notre perte si elle persistait à vouloir créer des liens avec ce Donato.

Il est vrai que mon désir de connaître la vérité n'avait rien de rationnel. J'en étais bien consciente et n'arrivais pas à m'expliquer ce comportement.

Ma deuxième visite à la prison avait été annulée par la direction de l'établissement, qui avait mis les détenus en quarantaine à la suite d'une échauffourée dans la cour intérieure survenue deux jours plus tôt. J'ai dû patienter toute une semaine avant de pouvoir retourner au pénitencier.

Charles-Éric s'est présenté devant moi avec le sourire d'un enfant qui retrouve sa mère après s'être égaré. D'emblée, il m'a dit qu'il me trouvait jolie dans ma robe colorée. Je l'ai remercié, j'ai pris de ses nouvelles pour la forme – il ne se passe jamais rien de bien passionnant en prison – et j'ai attendu qu'il me laisse une ouverture pour lui reparler de ma demande.

– Donato est à l'infirmerie depuis la bagarre dans la cour. Rien de grave à ce qu'on dit, des côtes fêlées, le nez aussi, je pense. J'ai pas pu lui parler.

Il a bien senti que j'étais déçue, et m'a demandé ce que j'avais de si important à lui dire. Il a posé sa main devant sa bouche et s'est approché de la vitre.

– Je peux lui faire le message, vous savez.

Je lui ai dit que c'était confidentiel, que je devais lui parler en personne. Il a secoué la tête.

– Oui, je comprends.

Nous avons gardé le silence un moment, puis il a froncé les sourcils.

– En tout cas, je voudrais pas être celui qui lui a cassé le nez. Vous savez que c'est un type dangereux, hein ? Tout le monde en a peur ici dedans.

J'ai souri comme une nonne au parloir en joignant les mains sur la tablette devant moi.

– Y a personne d'irrécupérable.

Il a pouffé de rire.

– Je vous emmène avec moi juste une journée et je vous parie que vous aurez changé d'idée avant l'heure du midi.

Je me suis efforcée de sourire de plus belle, jouant mon rôle d'illuminée le mieux possible. Charles-Éric a reniflé, puis il s'est gratté le front.

– Vous voulez que je vous raconte ?

Son air de défi lui durcissait les traits.

– Me raconter quoi, Charles-Éric ? La misère du monde ?

Il a reniflé de nouveau.

– Vous dire ce que Matteo est capable de faire à ceux qui ont le malheur de croiser son chemin. Les rumeurs courent vite en dedans, et tout finit par se savoir. Ce type est un monstre, un psychopathe. Vous voulez lui parler, très bien. Mais si je peux vous donner un conseil, vous mettez pas en froid avec lui, sinon je donne pas cher de votre peau quand il va sortir d'ici.

– Si ce que vous me dites est vrai, il n'est pas à la veille d'être libéré.

Charles-Éric a souri comme devant une enfant qui ne veut rien entendre à ce qu'on essaie de lui expliquer.

– Je vous aurai prévenue, a-t-il conclu en ouvrant la main devant lui.

Je l'ai remercié, puis nous avons parlé d'autres choses, de son chien encore une fois, mais aussi de sa sœur qu'il n'avait pas revue depuis plus de dix ans et dont il m'a donné le nom pour que je la contacte.

– Si elle pouvait venir s'asseoir là, à votre place, ce serait génial.

Je lui ai promis de m'informer, sans rien lui garantir. En fait, je ne savais pas si j'avais le droit d'aller aussi loin dans mes rapports avec les détenus.

Le seul endroit au monde où l'on peut rencontrer un homme digne de ce nom, c'est dans le regard d'un chien.

Romain Gary

Lorsque j'ai terminé ma lecture des premières pages du roman de Martin, je ne peux pas dire que ce qu'il y disait de nous me réjouissait. L'image qu'il peignait de notre couple n'était pas négative, loin de là. Il avait fait de notre refuge un havre de paix où s'arrêtaient parfois des âmes désœuvrées pour s'y ressourcer.

Sous la plume de mon ancien étudiant, nous étions devenus, Marie et moi, des gourous un peu hippies qui dispensaient conseils et réflexions aux jeunes gens venus s'installer, pour une période plus ou moins longue, dans des tentes élevées sur des plates-formes de bois disséminées un peu partout sur notre terrain.

Je n'avais rien contre l'idée, mais je trouvais qu'il avait calqué ses personnages de manière un peu trop appuyée sur nos personnalités et notre apparence physique. Il était entendu, en tout cas, que j'allais lui demander de modifier nos noms, le reste lui appartenant.

Marie, de son côté, ne s'était offusquée de rien. Elle avait même pris plaisir à lire les passages où elle se reconnaissait, soulignant la capacité de Martin à rendre crédibles ses personnages.

Curieusement, elle s'était davantage identifiée à celui de l'Abitibienne en exil de sa région natale qu'à son clone fictionnel. Il est vrai qu'il y avait chez cette jeune femme une fougue mêlée de doute et de retenue qui ressemblait au caractère de ma conjointe.

Quand elle est rentrée de son après-midi à la prison – le mois d'août nous avait réservé deux canicules d'affilée, aussi nous étions-nous réinstallés au Refuge pour quelques jours –, Marie s'est affalée sur le divan, vannée. J'ai cru un moment qu'elle avait rencontré Donato, et lui ai servi un verre d'eau citronnée en attendant qu'elle me raconte.

– Il s'est battu dans la cour de la prison et il est à l'infirmerie. Le détenu à qui je parle semble en avoir vraiment peur, et il paraît que c'est pareil pour tous les autres prisonniers. Matteo est un psychopathe, qu'il a dit. Et il n'avait pas l'air de rigoler.

Je me suis assis dans le fauteuil et j'ai retiré ma casquette.

– Vaudrait mieux lâcher l'affaire…

Elle a fermé les yeux dans un long soupir, puis elle a fixé le plafond.

– Peut-être, oui… On pourrait ravoir un chien ? a-t-elle enchaîné sans transition.

J'ai souri en pensant à Léo, notre goldendoodle décédé deux ans plus tôt.

– Dans un appartement, c'est pas pratique.

– Un petit, genre bichon maltais. On l'appellerait Nichon.

Je me suis esclaffé.

– Nichon ? Qu'est-ce que c'est que ce nom idiot ?

Elle a ri avec moi, et j'étais heureux de la voir ainsi, plus détendue qu'à l'habitude. Elle m'a parlé avec une certaine affection de Charles-Éric, le détenu avec lequel elle avait été jumelée. Après deux rencontres, elle semblait s'être attachée à lui. Du moins s'intéressait-elle à son sort. Il lui restait huit mois à purger et déjà elle imaginait comment elle allait l'aider à se réintégrer à sa sortie.

– Pour le bichon, c'est oui ?

Je me suis levé et je suis allé m'agenouiller près d'elle pour lui caresser les cheveux.

– Bien sûr que c'est oui, mais tu te rends compte que ce sera notre dernier chien ?

Elle a déposé le revers de sa main sur ma joue, a ouvert la bouche, et sans qu'elle n'ait besoin de parler, j'ai entendu les mots qu'elle n'a pas prononcés. C'était ceux d'un chant d'amour, une valse un brin syncopée qui nous emportait tous les deux vers le rivage alors que le soleil venait de disparaître dans le ventre rond du crépuscule.

Elle a pris ma main, en a dessiné les lignes avec son index, puis l'a embrassée en y glissant le bout de sa langue. Un filet de salive a coulé vers mon poignet, et je l'ai regardé s'étendre sur mon avant-bras pendant que Marie gardait les yeux fermés, souriante comme une enfant gagnée par le sommeil.

Les semaines suivantes se sont déroulées comme dans un rêve. Nous avons trouvé le bichon que nous recherchions chez un éleveur de la Rive-Sud dont la ferme occupait tout un vallon des Appalaches. Il nous a fait visiter ses installations sans se presser, nous présentant ses deux filles, occupées à la traite des vaches, et permettant même à Antoine de conduire son tracteur – la réalisation d'un rêve d'enfant pour mon mari.

Nous sommes repartis avec le chiot, un sac de nourriture et un panier rempli de légumes et de fines herbes que le fermier nous a offerts sans manière, pour le simple plaisir de nous rendre heureux.

Nous avons tiré le nom du chien au sort entre une dizaine de suggestions que nous avions inscrites sur des bouts de papier. Nous avions écarté tous les prénoms humains (Léo, Paulo, Maurice…) pour nous concentrer sur des propositions plus originales. Les yeux fermés, j'ai tiré une languette de la casquette d'Antoine où nous avions mélangé les bouts de papier, et c'est ainsi que notre bichon fut baptisé Nuage.

Antoine semblait déçu, mais nous ne pouvions pas changer les règles du jeu une fois la partie terminée. Nuage a donc appris à reconnaître son nom, et nous nous y sommes aussi habitués rapidement.

Le mois de septembre s'annonçait plus frais que de coutume, aussi avions-nous regagné la ville et son confort. Nuage profitait du sentier et de la rivière tout près, suivant au pas mon mari que ce nouveau compagnon désennuyait. Souvent, je le surprenais à lui parler comme il se serait adressé à un enfant, le félicitant quand il faisait ses besoins au bon endroit, ou le grondant sans malice quand il lui arrivait de s'échapper dans l'entrée.

Je pourrais dire sans me tromper que le chien nous rendait plus joyeux, apportant à nos vies une distraction bienfaisante.

Je me rendais deux fois par semaine au centre de détention, ravie de voir Charles-Éric porter une attention de plus en plus appuyée à sa tenue et à la profondeur de ses propos. Même son registre de langue avait changé. Il choisissait ses mots avec attention, précisait sa pensée quand il n'arrivait pas à l'exprimer clairement, articulait davantage. Je ne savais pas si ces changements m'étaient exclusivement redevables, mais je l'encourageais à préparer sa sortie.

Nous prenions plaisir à imaginer les premières minutes de nos rencontres comme une sorte de répétition pour les entrevues d'emploi auxquelles il allait devoir se soumettre. Je jouais le rôle du recruteur pour différentes entreprises (métiers de la construction, commerces de détail, hôtels ou restaurants) et lui balançais des questions auxquelles il devait répondre le plus clairement et le plus honnêtement possible. Je prenais des notes, puis nous peaufinions ses réponses. Il voyait ça comme un jeu, mais aussi comme un défi, gagnant chaque semaine en assurance.

Charles-Éric m'avait appris que Donato était sorti de l'infirmerie, mais personne n'osait l'approcher. Chacun savait qu'il pouvait exploser sans prévenir et ne voulait pas se trouver devant lui quand ça arriverait. Je lui ai proposé de déposer un mot sur son plateau de cantine ou sur le plancher de sa cellule.

– Sans prendre de risque, bien entendu. Un bout de papier avec mon horaire…

Charles-Éric a dit qu'il allait faire de son mieux, en me répétant que ce n'était pas une bonne idée.

– C'est un tueur, un vrai !

– La vitre est incassable, lui ai-je rappelé en la toquant.

Il a secoué la tête de découragement devant mon insistance.

– Je vous aurai avertie, Marie. C'est pas pour vous que je le dis, a-t-il ajouté en détournant le regard. C'est que je veux pas vous perdre.

Son inconfort m'a touchée. Je savais très bien qu'il ne s'agissait pas d'une déclaration d'amour, j'avais quarante ans de plus que lui. Mais cela démontrait que nous avions créé un lien, et c'est pour ça que j'étais là.

Il serre les dents ; c'est une façon de mordre qui ne fait de tort à personne.

Jacques Ferron

Déjà, certains arbres passaient du vert au jaune, et je voyais l'hiver venir avec une appréhension nouvelle pour moi, comme si la ville allait nous enfermer alors qu'au Refuge, tout nous poussait dehors.

Ce matin-là, en marchant dans les rues de mon quartier avec Nuage, j'ai croisé un ancien collègue de l'université, professeur de littérature québécoise un peu plus jeune que moi, au demeurant fort sympathique malgré le fait qu'il était difficile de l'arrêter quand le flot de sa parole se déversait sur vous. De fait, il m'a abreuvé de potins sans intérêt – petites guerres de clochers, un classique, puérils jeux de pouvoir, nouvelles unions, libres ou illicites. Plutôt que de m'aider à me sortir de ce guêpier en se mettant à japper ou en lui mordant les mollets, Nuage s'est couché à mes pieds et il a fermé les yeux, enroulé autour de son petit bonheur.

J'ai réussi à me libérer de mon tourmenteur après une demi-heure de cet enchaînement intarissable d'anecdotes, de blagues sans saveur et de jugements lapidaires en prétextant un rendez-vous imminent. Nous nous sommes salués en nous promettant de remettre ça, et je l'ai regardé monter dans sa voiture garée tout près en murmurant quelques insultes à Nuage, qui venait de se réveiller.

Mon chien a levé vers moi ses yeux de souffre-douleur, et je me suis penché pour lui caresser le crâne.

– Mais, non… Je sais bien que c'est pas ta faute. Ce type a l'air de rien comme ça, mais c'est une encyclopédie vivante, ai-je ajouté en regardant la Volvo s'éloigner. Je te jure. Il peut citer tout un tas d'écrivains par cœur, et pas que pour une phrase ou deux. Mais son dada, ce sont les petites choses de la vie, et entre Aquin et Ferron, il a toujours choisi Ferron.

Nuage a cligné des yeux comme pour me dire qu'il la trouvait bien bonne, puis nous nous sommes remis en route, faisant un détour par l'animalerie où j'avais pris l'habitude de lui acheter une gâterie.

Quand nous sommes rentrés à l'appartement, Marie était partie pour sa rencontre à la prison avec ce Charles-Éric qu'elle avait pris sous son aile de mère poule. J'aurais bien aimé lui voir la binette, celui-là, car j'avais l'impression qu'il lui jouait la sérénade, et pas qu'un peu. Je n'étais pas jaloux, plutôt curieux. C'est ce qu'on dit, non, pour bien paraître dans les salons ?

J'allais me servir une collation quand le téléphone a sonné. C'était mon fils qui m'appelait de la grande ville pour prendre des nouvelles. Je me suis d'abord inquiété, craignant qu'il ne lui soit arrivé quelque chose de grave, mais non. Tout allait bien de son côté, et comme je ne savais pas si ma femme souhaitait qu'on le tienne au courant de ses activités, j'ai dit qu'elle était partie faire des courses.

– On pensait passer la semaine prochaine, Laura et moi. On resterait deux ou trois jours si le canapé-lit est disponible.

Je me suis réjoui de la nouvelle, et nous avons mis fin à la discussion sans nous éterniser. C'était toujours comme ça entre nous. Chaleureux, court et efficace.

Or, je ne savais pas, alors que je découpais en quartiers la pomme que je venais de sortir du frigo, que ma vie allait bientôt prendre un nouveau tournant.

Dès que je me suis assise ce jour-là devant la vitre de mon cabinet habituel du centre de détention, j'ai senti que quelque chose n'allait pas. Tous les autres détenus s'étaient installés dans les cubicules adjacents, mais on avait refermé la porte du parloir sans que Charles-Éric ne vienne s'asseoir devant moi.

Patiente, j'ai croisé les jambes et me suis miré les ongles distraitement. Je ne voulais pas laisser voir mon inquiétude aux gardiens, qui de toute manière m'ignoraient ostensiblement.

Après un long moment, j'ai pensé me lever et partir quand la porte s'est rouverte sur Matteo Donato, vêtu proprement – chemise blanche et pantalon noir bien repassés. Il a tourné la tête vers moi, et son regard m'a glacée sur place. Il avait gardé de son altercation une rougeur à la joue et une cicatrice au menton. Ses cheveux coupés en brosse grisonnaient sur ses tempes, dégageant ses oreilles percées de boucles en argent.

Il a souri en fixant le petit foulard rouge qui enserrait mon cou, puis il s'est assis devant moi en croisant les mains. Sur ses phalanges, une série de lettres à l'encre noire que je n'ai pas tout de suite déchiffrée. Ses yeux d'un bleu clair m'ont intimidée jusqu'à me faire me reculer sur mon siège.

– On se connaît ?

Sa question semblait sincère, car il fronçait les sourcils et inclinait la tête, visiblement intrigué.

– Je sais pas, ai-je répondu après un moment. On s'est peut-être rencontrés, il y a plusieurs mois.

– Ah oui ? Où ça ?

– Chez moi.

Il est resté immobile pendant de longues secondes sans me quitter des yeux, puis il s'est avancé vers la vitre.

– Je crois pas, non. Sinon je m'en souviendrais.

Je me suis approchée à mon tour pour jouer mon va-tout.

– Une nuit, je dormais, mon mari aussi. Deux hommes sont entrés chez nous, prétextant un incendie. Ils étaient cagoulés, un petit et un grand. Le grand, on sait qui c'était.

Je me suis tue, laissant à mes mots le temps de produire leur effet. Sans bouger la tête, il a détourné les yeux, reclus dans ses pensées. Puis il m'a toisée de nouveau.

– Pourquoi vous êtes là ?

J'ai secoué la tête machinalement.

– Pour connaître la vérité.

Il a souri comme s'il me prenait en pitié.

– La vérité… a-t-il lâché dans un souffle. C'est un concept flou, ça, la vérité.

Ce mot, dans sa bouche, détonnait comme un bistouri dans la main d'un bûcheron.

– Peut-être, mais le réel existe. On peut choisir de le cacher, le nier, en détourner le sens, le pervertir, se convaincre qu'il n'a pas d'emprise sur nous. Pourtant, rien ne s'efface. Alors, expliquez-moi…

Il a baissé les yeux, a regardé à gauche et puis à droite, puis il s'est penché de nouveau vers la vitre.

– Qu'avez-vous fait du corps, madame Broussilovski ?

J'ai cru un moment que j'allais m'évanouir. Il savait pour le petit, et connaissait mon nom. Je me suis redressée sur ma chaise et j'ai massé ma nuque.

– Louis m'a tout raconté… J'en sais assez sur vous et votre mari pour vous payer un billet VIP de mon côté de la vitre.

Je n'arrivais plus à le regarder, gardais les yeux fixés sur la tablette devant moi. J'ai cherché mes mots un moment, puis je me suis ressaisie.

– Louis ne savait rien du tout. On lui a inventé une histoire, et il nous a crus sur parole comme le garçon naïf qu'il était.

Donato a tapoté la tablette pour que je lève les yeux vers lui.

– Et si c'était plutôt lui qui vous avait menés en bateau…

Son visage détendu transpirait la compassion pour la vieille dame assise devant lui. J'attendais la suite, mais il s'est levé, prêt à retourner dans sa cellule.

— Arrêtez de vous tourmenter avec ça, m'a-t-il conseillé avant de disparaître. Je vous envoie Charles-Éric.

Il a agité les doigts de sa main droite pour me saluer et il a franchi la porte du parloir sans se retourner.

Charles-Éric n'est jamais venu ce jour-là, et je n'ai pas pensé à m'inquiéter pour lui, trop secouée par ce que je venais de vivre.

> Savoir, c'est comprendre comment
> la moindre chose est liée au tout.
> Alain

Quand ma femme est rentrée à la maison, j'ai tout de suite compris qu'elle avait vécu quelque chose de désagréable. Elle m'a à peine salué et s'est enfermée dans la salle de bains alors que Nuage sautillait autour de ses chevilles.

J'ai mis mon mot croisé de côté et nous ai versé un verre de vin en attendant qu'elle réapparaisse.

En l'entendant actionner la douche, je me suis dit que la situation était plus grave encore. Piteux, Nuage est retourné se coucher dans son panier, et je me suis planté devant la fenêtre pour regarder les feuilles tomber des arbres bordant la rivière.

Une pluie fine accompagnait le crépuscule, réfléchissant sur la piste cyclable la lumière ocre des lampadaires. Une jeune femme du voisinage, qu'il m'arrivait de saluer lorsque nous nous croisions en m'amusant de son effarante ressemblance avec Joni Mitchell, est passée avec son caniche. Je l'ai suivie du regard jusqu'à ce qu'elle disparaisse derrière les buissons au moment où un couple de canards survolait les eaux brunes du cours d'eau.

Vêtue de sa robe de chambre, Marie est ressortie de la salle de bains en épongeant sa chevelure. Elle a accroché la serviette à la poignée d'une armoire, s'est assise sur le tabouret de l'îlot, puis a avalé une longue gorgée de vin rouge. Je me suis approché d'elle, impatient qu'elle me raconte sa journée.

– Je l'ai rencontré, a-t-elle commencé. Donato. Si tu voyais ses yeux…

– Tu lui as parlé ?

– Oui.

Elle a bu une autre gorgée, et j'ai compris que je ne devais pas forcer les choses. Il fallait la laisser trouver son rythme. Elle a levé les yeux comme si Donato se tenait debout devant elle.

– Un visage dur, percé de deux billes lumineuses d'un bleu fascinant. Sûr de lui, imposant malgré sa petite taille. Toujours en contrôle. C'est lui qui a mené la conversation.

– Qu'est-ce qu'il a dit ?

Elle s'est levée du tabouret avec son verre à la main pour aller s'asseoir dans le fauteuil du salon, où je l'ai suivie avec ma coupe et la bouteille, que j'ai déposée sur la table de centre.

– Il a menacé de tout raconter.

Je me suis assis et me suis penché vers elle.

– Raconter quoi ?

– Tout, le vol, la balle, le trou dans le terrain…

J'ai tenté de mettre de l'ordre dans mes idées alors que mon pouls venait de s'accélérer.

– Mais Marie, Donato a rien vu de tout ça puisque c'est pas lui qu'on a…

– Louis Dusseault lui a tout balancé. Je lui ai dit que c'était des conneries, que Louis lui avait menti, mais

Donato s'est mis à rire en m'assurant que c'est à nous que Louis avait fait avaler des couleuvres. Il était si sûr de lui qu'en revenant, dans la voiture, je me suis convaincue qu'il avait raison.

Elle a vidé son verre, et je l'ai aussitôt rempli.

– Réfléchis un peu, a-t-elle poursuivi. Louis nous a laissés croire que c'était Donato que tu avais abattu dans notre entrée. Puis on a découvert que c'était quelqu'un d'autre. Qui ? Va savoir. Imaginons que Louis nous ait pris pour des cons et qu'il nous ait roulés dans la farine. Qu'il savait que Donato était vivant, caché quelque part dans l'ouest du pays.

À partir de cette hypothèse, nous avons élaboré deux ou trois scénarios, ma femme et moi, mais aucun ne tenait la route, jusqu'à ce qu'elle se lève et s'arrête de parler, me fixant dans les yeux comme si la Sainte Trinité venait de poser sur sa tête la couronne du savoir absolu.

Lorsque je suis retournée à la prison de la ville, Charles-Éric avait changé d'attitude à mon égard. Il me semblait taciturne, préoccupé, et il m'a fallu du temps pour lui faire avouer qu'il ne se sentait plus à l'aise de venir me parler. Je n'en comprenais pas les raisons jusqu'à ce qu'il me glisse un mot sur Matteo Donato.

– Il sait que c'est moi qui lui ai remis votre mot d'invitation.

Je voyais dans ses yeux qu'il était terrifié.

– Depuis, il me lâche pas, alors… si on pouvait arrêter ça là, ça ferait mon affaire. J'ai rien contre vous, au contraire, s'est-il empressé d'ajouter, mais si je veux sortir d'ici vivant, vaut mieux que vous trouviez quelqu'un d'autre à qui parler.

Il s'est levé et m'a souri tristement.

– Je vais arranger ça, lui ai-je promis. Dis-lui de revenir me voir mardi prochain et je vais arranger ça.

Charles-Éric a baissé les yeux, serré les lèvres, et je l'ai regardé sortir en regrettant de l'avoir mis dans cette situation.

J'allais partir moi aussi lorsque j'ai vu Donato franchir la porte du parloir et marcher vers moi. J'ai compris que Charles-Éric avait agi en mission commandée.

Rendu à ma hauteur, Donato a tendu le menton, puis il m'a indiqué de me rasseoir. J'ai attendu avant de lui obéir, pour lui montrer qu'il n'avait pas d'emprise sur moi. Il s'est assis et m'a gentiment invitée à écouter ce qu'il avait à me dire.

– Je sais qu'on vous a parlé en mal de moi, et j'imagine que vous avez pas une très bonne opinion de ma personne.

– J'ai lu ce qu'on en a dit dans les journaux, sans plus.

– Charles-Éric a certainement...

– Laissez ce garçon en dehors de ça. Il est sur la bonne voie pour s'en sortir si vous lui foutez la paix.

Donato s'est mis à rire.

– S'en sortir...

Il a reniflé et a appuyé sa tête sur sa main ouverte.

– Vous connaissez saint Léonard ?

– Pas personnellement, non.

Ma blague l'a fait sourire. Il s'est gratté le front et a détourné le regard un moment.

– J'aime bien discuter avec vous, c'est divertissant, ce qui est rare ici.

– Saint Léonard ? ai-je insisté.

– Patron des prisonniers. Il était capable de les faire sortir de tôle par la force de ses prières. Je peux vous appeler Léonard si vous voulez.

J'ai croisé les bras sur ma poitrine pour lui montrer que son petit jeu ne m'intéressait pas.

– Je voulais vous revoir pour vous remercier, a-t-il enchaîné.

– Trop aimable. Je peux savoir ce qui me vaut cette attention ?

Il s'est légèrement penché vers moi.

– Le nettoyage. Bien fait, sans laisser de traces... Un travail de professionnels.

Je suis restée figée sur place, car je savais bien entendu à quoi il faisait référence.

– Vous nous avez rendu un fier service, et pour ça, je me sens redevable envers vous.

Je suis demeurée silencieuse un moment, tournant la tête d'un côté puis de l'autre pour m'assurer que personne n'entendait notre conversation.

– En fait, on était trois ce soir-là. J'attendais dans la voiture au bout de votre allée. Ce type, c'était un couillon. Une tête heureuse qui avait dépassé les bornes avec Louis. Je vous raconte pas, mais on avait décidé de le passer et c'était l'occasion idéale, dans le bois en pleine nuit... je vous jure qu'il méritait le couteau que je lui ai planté dans le dos. Et si votre mari avait pas tiré, on l'aurait balancé dans le fossé. Mais on a eu peur que votre vieux nous coure après, alors on s'est enfuis.

Je n'arrivais pas à saisir toutes les implications de l'histoire qu'il me racontait.

– Quand on est revenus au petit matin pour faire le ménage, notre homme était plus là. Disparu... On a pensé qu'il était encore vivant. J'ai paniqué, et on a élaboré un plan, Louis et moi, pour que je disparaisse. C'était pas normal qu'on n'ait pas de nouvelles de notre gars. Louis l'a cherché partout, dans les hôpitaux, dans les trous où il avait l'habitude de se cacher. Il s'était volatilisé. Et c'est là qu'on a compris que vous vous en étiez occupé. L'histoire aurait pu s'arrêter là, mais Louis s'est mis à dérailler...

Tétanisée, c'est à peine si je clignais des yeux.

– Il se sentait coupable, arrivait plus à dormir, voulait tout balancer à la police. C'est moi qui vous ai sauvés, d'une certaine manière, a-t-il conclu avec un sourire.

Il voyait bien que j'avais de la difficulté à digérer la nouvelle.

– Alors, on oublie ça ? a-t-il offert. J'en ai déjà un sur les bras, ça me suffit.

Sans doute parlait-il du procès à venir. J'ai souri tristement.

– OK, on oublie ça, ai-je répondu en décroisant les bras.

Nous sommes restés comme ça de longues secondes, immobiles tous les deux, avant qu'il ne se lève et s'éclipse sans me saluer.

Je me suis retrouvée dans le stationnement du centre de détention sans savoir comment, à chercher ma voiture comme une égarée. Quand je l'ai enfin repérée, je m'y suis enfermée et j'ai attendu que mon cœur, qui s'était emballé, retrouve un rythme normal. Lorsque j'ai mis le contact, la radio diffusait une entrevue avec un écrivain français de passage au Québec que j'ai interrompue d'un geste brusque.

J'avais besoin de silence pour me rejouer la scène que je venais de vivre, en soupeser chaque mot, comprendre comment tout cela replaçait les pièces sur l'échiquier de nos vies. Je pensais à Antoine, que je pourrais soulager d'un poids énorme en lui révélant qu'il n'avait pas tué cet homme – ce qui n'excusait pas ce que nous avions fait de son corps, mais délesterait sa conscience d'une partie de ses tourments. Et dire que nous aurions pu nous éviter tout cela si nous avions su…

J'ai roulé lentement vers le centre de la ville, la fenêtre baissée malgré la fraîcheur du jour, puis suis allée m'asseoir sur un banc isolé en bordure du fleuve. Le vent poussait des nuages lourds et gris, moutonnant l'eau foncée du Saint-Laurent. Un paquebot chargé de conteneurs a traversé mon champ de vision, et je me suis imaginée y monter pour fuir à jamais la vie que ces voyous nous avaient imposée.

Le ciel s'est mis à crachoter une pluie fine et froide qui m'a forcée à regagner mon véhicule, et j'ai repris la route en multipliant les détours avant de rentrer à l'appartement.

> Il faut vous présenter les hommes balancés entre la damnation et la rédemption.
>
> Anatole France

Quand Marie est entrée, elle m'a aussitôt serré dans ses bras avant de se mettre à pleurer pendant que Nuage tournait autour de nous. Ses sanglots la rendaient aphone alors que je la pressais de questions. Elle s'est dégagée pour aller recouvrer ses esprits sur le divan, s'y affalant comme si elle venait de courir un marathon.

Je lui ai tendu un mouchoir, lui ai offert à boire. Elle a tout refusé en levant la main mollement devant ses yeux rougis.

– T'as pas tué cet homme, a-t-elle dit avec un demi-sourire.

– Quoi ? Pas tué qui ?

– Le petit… c'est pas toi qui l'as assassiné. Il était déjà mort quand t'as tiré.

J'ai froncé les sourcils.

– Qu'est-ce que tu veux dire ?

– Donato m'a tout raconté.

– Donato ? Tu lui as reparlé ?

– À la prison, y a une heure. C'est lui qui a poignardé le petit dans le dos ce soir-là, d'où sa blessure. La balle de ta .410 avait rien à y voir.

Pris d'un vertige, je me suis assis dans le fauteuil.

– Attends, tu veux dire que…

– Qu'on a tout fait ça pour rien, Antoine, s'est-elle emportée. Si tu m'avais écoutée et qu'on avait appelé la police, on en serait pas là aujourd'hui.

Dans un réflexe, je me suis massé le visage vigoureusement comme pour m'extirper d'un mauvais rêve. Dans la fenêtre, les arbres secoués par le vent se dépouillaient de leurs feuilles mortes alors que je ne savais pas quoi faire des reproches de ma femme et des sentiments mêlés que sa révélation suscitait en moi. À la joie secrète de me découvrir innocent du meurtre que je croyais avoir commis se mêlait la tristesse de ne pas pouvoir revenir en arrière pour remettre les compteurs à zéro.

– Il t'a dit qui c'était?

Elle a fermé les yeux.

– Qu'est-ce que ça changerait de savoir son nom?

J'ai réfléchi un moment, et l'idée que nous le préférerions anonyme m'a démoli de l'intérieur. Comme si la vie de ce jeune homme ne valait rien, qu'il était venu au monde et avait grandi avec le destin de mourir ainsi, sans que personne ne le pleure et réclame son corps. Je transférais sur cet inconnu toute la culpabilité que la présupposée mort de Donato m'avait inspirée. Aussi la nouvelle que ma femme venait de m'apprendre ne me soulageait-elle qu'à moitié.

Je me suis tourné vers Marie et l'ai regardée intensément pour qu'elle prenne la mesure de mon désarroi.

– Qu'est-ce qu'on fait avec ça? ai-je demandé comme un enfant blessé en quête de réconfort au moment où Nuage est venu se coller à mes mollets.

Elle a haussé les épaules, puis elle s'est redressée sur le divan.

– Je suis trop fatiguée pour pouvoir répondre à ça maintenant.

Elle a gagné notre chambre d'un pas mal assuré, en a fermé la porte, et je me suis retrouvé seul avec mon désir de mettre fin à toute cette mascarade.

Parce qu'il devait venir en ville, Martin a décidé de nous rendre une visite surprise à l'appartement. Quand il nous a annoncé qu'il était à la porte et a demandé s'il pouvait monter, nous n'avons pas su dire non.

Plongé dans ses pensées, Antoine s'était ouvert une bière même s'il n'était pas encore seize heures, fixant l'écran aphone de la télé comme un zombi.

Il s'est levé nonchalamment lorsque Martin a sonné, ce qui a fait japper notre chien, qu'Antoine a repoussé du pied.

– Pourquoi tu lui as pas demandé de revenir plus tard ? a-t-il grogné. Je suis pas en état.

– Tu lui diras toi-même si ça te chante.

Il a mâché une phrase que je n'ai pas saisie – sans doute était-ce mieux ainsi – et il est allé ouvrir. Martin a vite compris, à l'allure déglinguée de mon mari, qu'il se pointait à un mauvais moment. Il s'est penché pour caresser le chien, qui s'est couché sur le dos comme un dépendant affectif.

– Je peux repasser une autre fois, a-t-il proposé.

Mais Antoine a insisté pour qu'il l'accompagne jusqu'à la cuisine, où il lui a servi une bière en l'invitant à s'asseoir.

– T'as raison, tu tombes mal, lui a balancé mon mari, mais peut-être pas tant que ça finalement.

Martin m'a regardée d'un œil perplexe, voyant que je n'étais pas à l'aise avec l'attitude d'Antoine, qui me dévisageait lui aussi.

– Viens t'asseoir, chérie, a continué Antoine au moment où j'ai deviné qu'il n'avait pas bu qu'une seule bouteille pendant que je m'étais assoupie dans mon lit. Viens, on va raconter à notre ami ce qui nous arrive.

Visiblement mal à l'aise, Martin a déposé sa Blanche de Chambly sur la table avant de se redresser.

– Excusez-moi, vous auriez dû me prévenir que le *timing* était pas bon. On se reprendra une autre fois.

– Mais non, reste assis, lui a ordonné Antoine en agrippant son avant-bras. J'ai besoin de parler à quelqu'un et je suis heureux que ce soit toi. Allez, bois une gorgée.

Figée sur place, je ne savais pas comment réagir. Martin s'est rassis et a croisé les mains sur ses cuisses comme un enfant qu'on vient de gronder.

– T'es certain de vouloir aller là ? ai-je demandé à Antoine en le regardant avec insistance. Parce qu'une fois lancé, tu pourras pas reculer.

Mon mari a levé vers moi des yeux d'une infinie tristesse, et j'ai compris qu'il ne s'arrêterait pas. Il le faisait pour nous sauver alors que je craignais qu'il ne nous condamne à une fin de vie de honte et de misère.

– On peut plus garder ça pour nous, Marie. J'y arrive plus.

Une larme a coulé sur ma joue, puis une deuxième, plus lourde, dont le sel s'est immiscé entre mes lèvres. Martin nous regardait l'un et l'autre, statufié par le malheur qu'il lisait sur nos visages dévastés.

Antoine avait raison, nous purgions déjà notre peine depuis trop longtemps, incapables de nous recentrer, toujours à côté de nos vies, indifférents à ce qui nous entourait. Parce que nous nous sentions coupables, nous nous étions éloignés de nos enfants pour ne pas leur imposer notre indécence. Chaque jour déclinait le peu d'estime que nous gardions de nous-mêmes. Alors, je me suis assise à côté de mon mari et j'ai pris sa main pour lui montrer que j'étais d'accord avec ce qu'il s'apprêtait à faire, peu importe les conséquences, prête à les assumer.

Nous avons entremêlé nos voix en reprenant l'histoire du début, la nuit du vol, les insultes et les menaces de nos assaillants, le coup de bâton de baseball que j'ai reçu à la tête, la fuite des voleurs, Antoine qui les poursuit avec sa carabine, le coup de feu, la découverte du corps, notre panique, notre décision d'enterrer le mort au fond du terrain, Louis Dusseault qui nous menace de tout raconter, Donato disparu du décor, la cérémonie bidon pour calmer Louis, la visite des policiers, le retour surprise de Donato, notre incompréhension de ce qui s'était passé, mes visites à la prison, le chat sorti du sac, et puis voilà.

– En résumé, ai-je conclu, Matteo Donato a tué un type que nous avons enterré dans notre terrain en pensant que c'était la balle du fusil d'Antoine qui l'avait abattu. On sait pas qui c'est, on sait pas quoi faire de cette histoire. On te demande rien, mais ça nous a fait du bien de t'en parler.

Martin, qui n'avait pas bougé de sa chaise ni posé de questions pendant que nous lui débitions notre histoire, a respiré profondément. J'ai cru un moment qu'il allait parler, mais il s'est ravisé, enfoncé dans des pensées que nous imaginions douloureuses à sa manière de froncer les sourcils. Nous nous tenions toujours la main, en attente de sa réaction. Il a glissé ses doigts dans ses cheveux, a soufflé encore une fois et il a remercié Antoine pour la bière, à laquelle il n'avait pas touché, avant de se lever et de quitter l'appartement sans nous saluer.

Couché dans son panier, Nuage a souligné son départ d'un grognement étouffé avant de se rendormir. Dans un élan commun, nous nous sommes appuyés l'un contre l'autre, Antoine et moi, plus légers malgré notre hantise de ce qu'il allait advenir de nous.

La confidence n'est parfois qu'un
succédané laïque de la confession.
Jules Romains

Les jours ont passé. Nous allions au Refuge de manière régulière, Marie et moi. Pour ramasser les feuilles mortes, ce qui nous occupait l'esprit. Puis l'hiver s'est installé à demeure au tout début du mois de novembre, enchaînant deux bordées de neige conséquentes dans la même semaine.

Ma femme préparait la sortie de prison de Charles-Éric, prévue pour janvier, multipliant les démarches auprès des organismes communautaires de notre quartier pour lui trouver un studio pas trop cher et un accès à de la nourriture en attendant qu'il se déniche un emploi. Elle avait confiance en lui, et je souhaitais secrètement qu'il ne la déçoive pas vu les efforts qu'elle déployait, et qui allaient bien au-delà de son engagement initial.

Mes travaux d'écriture avançaient plus lentement que je ne l'aurais espéré, comme si j'avais perdu le rythme. Il m'arrivait constamment de me dissoudre dans des pensées inanes, insipides, sans lien avec ce que j'étais en train d'écrire. Des souvenirs sans importance, ou le ressassement stérile de nouvelles entendues à la radio. M'inquiétaient davantage les longs moments de vide absolu dans lequel plongeait mon esprit, dont j'émergeais avec la seule conscience d'avoir éludé les quinze ou vingt dernières minutes de mon existence. Lorsque j'essayais de me remémorer le fil de mes idées récentes, rien ne me venait sinon une forme bénigne de désarroi devant ces absences devenues la nouvelle constante de mon processus de création.

Martin ne nous avait pas rappelés, et je n'avais reçu aucun courriel de sa part. Sans doute l'avions-nous indisposé en déposant sur ses épaules une partie de notre fardeau – confidences dont il ne savait plus quoi faire. J'avais pensé le relancer, craignant chaque matin voir arriver deux policiers à notre porte pour nous interroger, voire nous mettre en état d'arrestation. Mais rien de tel ne s'est produit.

Puis, un soir de décembre, Marie a reçu un message de la conjointe de Martin, qu'elle n'a lu que le lendemain avant de me le transférer.

Objet : Faire le point
De : Valérie Valois
À : Marie Broussilovski

Chère Marie,

Je suis Valérie Valois, la conjointe de Martin, l'ancien étudiant de votre mari. Nous nous sommes croisées à quelques reprises, et c'est pour cette raison que je me permets de vous écrire aujourd'hui.

Je ne sais pas trop par où commencer, mais disons que mon mari ne va pas très bien depuis quelques semaines. Il est taciturne, irritable avec les enfants, toujours dans la lune. Au début, je me suis dit que c'était passager, puis un soir, j'ai voulu en parler avec lui, mais il s'est aussitôt refermé, s'isolant au sous-sol pour le reste de la soirée. J'ai bien vu à ce moment que c'était plus sérieux qu'une petite déprime automnale, et je me suis mise à m'inquiéter.

Le lendemain, je lui ai demandé de consulter un médecin, mais je ne pourrais pas vous dire s'il y est allé.

Lorsque j'ai remonté mon calendrier pour tenter de voir quand tout cela avait commencé, je me suis rappelé le jour où il est revenu de chez vous dans un état plutôt étrange, pas bouleversé mais secoué par une discussion qu'il avait eue avec votre mari. J'ai pensé que cela concernait le roman qu'il est en train d'écrire, mais comme il refusait d'en discuter davantage, je n'ai pas insisté. Sans doute aurais-je dû, car les choses ne se sont pas améliorées depuis, c'est le moins qu'on puisse dire.

Je vous raconte tout ça en vrac, sans les détails par lesquels je voyais bien que quelque chose clochait chez lui. Or, en fin de journée aujourd'hui, lorsque je suis rentrée du travail, il m'attendait dans le boudoir pour me parler d'une chose importante. Je me suis dit « la lave va enfin sortir du volcan ». Je lui ai proposé d'attendre que nous ayons couché les enfants, puis une fois qu'ils se sont endormis, nous sommes descendus au sous-sol, où Martin s'est servi un verre de gin, une boisson qu'il n'aime pas et qu'il offre habituellement aux invités. Je n'ai pas voulu l'accompagner, me suis plutôt assise sur le plancher tout près de l'aire de jeu des enfants, puis j'ai attendu qu'il se décide à lâcher le morceau.

Après une brève mise en contexte de sa visite chez vous, il s'est mis à me parler de mon cousin, Louis Dusseault, me rappelant comment c'était un drôle de type et tout et tout. Je ne voyais pas où il voulait en venir, mais je ne l'ai pas interrompu puisqu'il était sur sa lancée. Il a enchaîné avec la dépression de Louis, puis son rapport avec Matteo Donato – on dit qu'ils étaient amants, enfin je ne sais pas. On accuse Donato de l'avoir assassiné pour des raisons sentimentales, crime passionnel, alors… À ce moment-là, je cherchais encore le rapport avec vous et votre mari lorsque Martin a poursuivi avec une histoire de vol et d'agression à votre domicile.

Je n'ai pas besoin de vous raconter toute l'histoire puisque vous la connaissez mieux que moi pour l'avoir vécue. Simplement vous dire ici qu'il m'a tout balancé, le coup de fusil, le corps, enfin... toute l'histoire.

Quand il a eu fini, il est venu se blottir contre moi, et j'ai compris qu'il n'arrivait plus à vivre avec ce secret. De me le raconter l'a visiblement soulagé, mais nous sommes maintenant deux à devoir assumer tout ça.

Comme vous le savez, je suis notaire. Pas avocate, mais j'œuvre tout de même dans le domaine juridique, et je me sens une certaine responsabilité envers notre système de justice. Aussi ai-je évalué la situation dans tous ses aspects légaux, et ce qui me chicote le plus, ce n'est pas votre situation particulière, mais plutôt le fait que si je ne parle de cette histoire à personne, Donato ne paiera jamais pour le crime qu'il a commis ce soir-là.

Et j'ai aussi une pensée, comme vous deux j'en suis certaine, pour celui qu'on a assassiné ce soir-là sur votre propriété.

Je vous écris donc ce long message pour solliciter une rencontre au cours de laquelle nous déciderons ensemble, tous les quatre, de ce qu'il convient de faire pour que la suite des choses puisse advenir sans que nous n'ayons à supporter la culpabilité dans laquelle tout cela nous a enfoncés.

Bien sincèrement, Valérie

La lecture de ce courriel m'a plongé dans une profonde fatigue, si bien que j'ai dû m'allonger une heure ou deux pour recouvrer mes forces. Lorsque je me suis réveillé, je suis resté immobile un moment avant de me lever pour rejoindre Marie à la cuisine. Assise à la table, penchée sur son carnet de notes, elle y alignait des mots sur deux colonnes séparées d'un trait sinueux.

– Je t'ai préparé un sandwich, a-t-elle dit sans me regarder. Sur la tablette du bas, dans le frigo.

Je n'avais pas faim, me suis plutôt servi un verre d'eau.

– Qu'est-ce que c'est?

– À ton avis? a-t-elle répondu un peu sèchement. J'essaie de mettre de l'ordre dans mes idées avant notre petite réunion avec Martin et Valérie.

– Rien nous oblige à...

– Arrête! a-t-elle lancé en levant la tête, avant de se radoucir. S'il te plaît, Antoine, pas de déni. Les dés sont jetés, et ça va nous prendre une sacrée chance pour en tirer les bons numéros. Et je suis pas certaine que la chance seule va suffire à nous sauver.

Il est vrai que j'ai parlé de chance à Antoine ce jour-là, alors que tout cela n'avait rien à voir avec le hasard, mais avec la causalité. La vie ne fonctionne pas autrement. Le battement d'ailes du papillon... Nous pouvions remonter le temps jusqu'à la sortie du premier poisson sur la terre ferme pour arriver là où nous en étions.

La rencontre avec Martin et Valérie n'a pas duré plus de dix minutes, car je m'y suis présentée seule sans demandes ni exigences, les incitant à agir selon leur conscience, sachant que Donato allait croupir en prison de toute manière pour le meurtre de Louis Dusseault et que le garçon que nous avions enterré ne semblait manquer à personne.

Martin a baissé les yeux alors que Valérie me regardait comme si j'étais un monstre d'égoïsme dénué de toute sensibilité. Peut-être n'avait-elle pas tort, car cela ressemblait au jugement que je portais sur moi-même à ce moment précis.

J'ai pris congé sans les saluer, regagnant ma voiture dans l'allée, comme coupée de mes émotions.

Je suis rentrée en ville sans me presser, empruntant des chemins de traverse plutôt que l'autoroute. La neige de la veille donnait au paysage une lumière drue qu'un soleil incertain teintait d'un rose empourpré.

Au bout d'un moment, j'ai pensé à mes enfants, les ai imaginés assis dans la voiture sur la banquette arrière comme quand ils étaient petits. Je me suis alors mise à parler de moi à la troisième personne. Maman a fait ce qu'il fallait. Maman s'en va rejoindre papa à la maison. Maman est fière de vous, de votre bonté et de votre intelligence. Maman se sent seule. Maman voudrait dormir un jour entier, une semaine peut-être, tout le reste de sa vie. Maman vous aime.

Le bruit d'un klaxon m'a ramenée sur la route, où je venais de griller un feu rouge sans m'en rendre compte. Je me suis ressaisie, j'ai allumé la radio, n'y ai entendu que des insipidités – entrevues complaisantes et recettes pour bobos repus de tout. Puis la ville m'a avalée comme une enfant de Saturne.

Antoine m'attendait au salon, étendu sur le divan, une serviette sur le front. Il n'avait pas dormi depuis deux jours, et je craignais qu'il ne doive retourner à l'hôpital tellement son état physique et mental s'était dégradé depuis que nous avions reçu le courriel de Valérie Valois.

J'avais respecté notre entente, m'étais rendue chez Martin et Valérie pour déposer notre destin entre leurs mains. Il devait maintenant honorer sa part du marché, se remettre à manger, reprendre l'écriture de son roman et faire en sorte que nous ne terminions pas nos vies comme deux vermines terrées dans leur trou.

J'ai suspendu mon anorak à un crochet du portemanteau, je lui ai dit que tout était réglé et j'ai empoigné le téléphone pour inviter nos enfants à venir passer deux jours avec nous, ce qui l'obligerait à se secouer.

Après que j'ai raccroché, Antoine s'est assis sur le divan, a maugréé pour la forme, puis il a tendu les bras pour que je l'aide à se lever. Nous nous sommes enlacés, longuement, puis il m'a remerciée d'être celle que j'étais.

Nos enfants ont passé le week-end suivant avec nous, et le dixième jour du mois de décembre les a regardés rentrer à Montréal, nous laissant comblés d'amour sans que l'appréhension de ce qui allait suivre ne nous ait désertés.

Le sacrifice est le seul domaine
aussi fort que celui du mal.
André Malraux

Le message est apparu dans ma boîte de courriels le vingt-trois décembre en début de matinée. Un mois s'était écoulé depuis que ma femme s'était rendue chez Martin.

Cher Antoine,

Chère Marie,

En cette période de réjouissances, Valérie et moi vous souhaitons un heureux temps des Fêtes.

Propice aux introspections, cette période de l'année nous a amenés à faire le point sur différents sujets, mettant à l'épreuve notre capacité à comprendre le monde dans lequel nous vivons. Cela nous a conduits à développer notre sens de l'empathie et de la compassion.

Nous vous espérons donc heureux malgré les épreuves que vous avez eu à surmonter, et sereins devant l'avenir qui vous est réservé.

Bien amicalement,

Martin et Valérie

Je ne savais pas comment interpréter ce message. Lorsque je l'ai soumis à Marie, elle s'est refermée un moment en elle-même avant de souffler, comme si on venait de la soulager d'un poids énorme. Son enthousiasme m'a contaminé, j'ai embrassé son front, puis son nez, puis ses lèvres souriantes. Elle a caressé ma joue, puis nous nous sommes allongés sur le divan, où nous avons fait l'amour.

Nous ne nous affranchirions jamais des images résiduelles de ce que nous avions fait du petit, anonyme dans les faits, mais bien réel dans nos esprits. Car la terre du Refuge se nourrissait toujours de la dépouille de cet inconnu qui, comme un fantôme, hantait mes pensées à toute heure du jour, mais surtout de la nuit, s'immisçant dans mes rêves de sueurs et de tremblements. Il m'arrivait encore une ou deux fois par semaine de l'imaginer étendu près de moi, dans mon lit, le visage percé de trous immenses, ses chairs brûlées empestant l'urine et le caoutchouc. Je me réveillais dans un sursaut, fiévreux et dérouté, sortant Marie de ses propres songes, plus apaisés, comme si elle avait passé le pas de la résignation plus aisément. Elle se collait à moi, caressait mon dos comme une mère bienveillante rassure son enfant à la sortie d'un cauchemar, me susurrait des mots doux, apaisants, jusqu'à ce que je me rendorme.

Après l'amour, nous avons pris une douche, et Marie s'est faite belle pour sa dernière rencontre avec Charles-Éric au pénitencier. Il allait recouvrer une semi-liberté dans deux semaines, et ma femme ne ménageait pas ses efforts pour que ce passage vers la vie normale s'effectue sans difficulté. Elle avait déjà pris contact avec la maison de transition où son protégé allait déposer ses pénates pour les quatre prochains mois, et multipliait les démarches pour lui trouver un emploi, avec une avancée prometteuse du côté de l'épicier de notre quartier toujours à la recherche d'employés pour les horaires de soir et de fin de semaine. Persuasive, elle avait convaincu le commerçant de prendre Charles-Éric à l'essai, se portant garante de ses performances et de sa ponctualité.

De mon côté, j'allais mettre de l'ordre dans mon manuscrit, le relire depuis le début avec l'espoir de le trouver encore pertinent – ce qui n'était pas gagné d'avance. Quand mon éditeur m'avait annoncé le matin même la date de sortie de mon texte précédent, après les dernières retouches et la révision linguistique, je me suis inquiété pour la première fois du nombre de romans que j'allais encore écrire avant de lever le pied.

Celui qui avait décoré la salle des visites du pénitencier pour la période de Noël ne s'était pas tué à la tâche. Une guirlande JOYEUSES FÊTES du Dollarama avait été punaisée au mur au-dessus du visage joufflu d'un père Noël de carton défraîchi.

Entourée des mêmes mères courage venues réconforter un fils délinquant et des femmes au teint pâle en manque de leur compagnon, je me sentais comme à chaque visite un peu à part, mes motivations n'impliquant pas une aussi grande charge émotive.

Quand ils ont ouvert les portes de l'autre côté de la vitre, j'ai vu apparaître un Charles-Éric souriant. Il avait pris du poids ces dernières semaines et se voyait maintenant prêt à réintégrer la société. J'en ai ressenti à ce moment-là une certaine fierté, car je savais le rôle que j'avais joué pour que cette réinsertion puisse se réaliser. À force d'encouragements, j'avais fini par le convaincre qu'il avait sa place dans la société, que ce ne serait pas toujours facile pour lui, mais qu'il possédait déjà tous les outils pour y arriver. La volonté, l'intelligence, mais aussi la bonté.

Il s'est assis devant moi sans se départir de son sourire, a croisé les mains sous son menton sans baisser les yeux. Cette nouvelle assurance m'a émue.

– Alors, ce sera bientôt le grand jour ! ai-je dit pour lancer la conversation.

Il a secoué la tête avec dans les yeux une lueur inhabituelle.

– Je suis prêt. J'ai finalisé tout ce que j'avais à accomplir dans cette prison.

Sa manière de me regarder, comme s'il cherchait à me faire comprendre quelque chose de façon subtile en me fixant intensément, m'a inquiétée. J'ai froncé les sourcils.

– Je vous raconterai ça plus tard.

Je n'ai pas insisté, mais j'ai tout de suite deviné que cela n'annonçait rien de bon. Je le sentais nerveux, comme secoué d'une fierté enfantine qui cherche à s'exprimer malgré l'opprobre à venir.

– Dis-moi que t'as pas fait de bêtise si près du but.

Son sourire s'est allongé, et je lui ai découvert un visage qu'il ne m'avait jusque-là jamais offert, masque intrigant d'une folie toute contenue.

– Je nous ai mis en sécurité. On va pouvoir vivre tranquilles.

Ma vision s'est aussitôt embrumée, car sans savoir ce qui s'était passé pour lui au cours de la dernière semaine, je le retrouvais transformé. Peut-être était-il sous l'effet d'une drogue quelconque. Son regard vitreux pouvait le laisser croire. Or, cela semblait avoir allumé dans son cerveau une flamme vacillante pouvant mettre à tout instant le feu aux poudres de sa fragilité.

– Tu me racontes ?

Il s'est redressé lentement sur sa chaise et a croisé ses mains sur la tablette devant lui.

– Semaine tranquille. On nous a servi du gâteau hier, blanc avec une ligne de confitures de fraise au milieu et un soupçon de crémage à la vanille. Spécial du chef pour le temps des Fêtes. J'ai même eu droit à une deuxième portion.

J'ai compris que je n'en saurais pas davantage. Je me suis calée dans ma chaise moi aussi et j'ai croisé les bras sur ma poitrine pour lui montrer que je n'étais pas dupe.

– Et le café ? Il était bon, le café ?

Il a pouffé de rire.

– Oui, délicieux.

Nous avons gardé le silence un moment sans que je ne réussisse à déchiffrer le message qu'il souhaitait me transmettre. Puis il m'a parlé d'un film qu'il avait vu à la télé, l'histoire d'un vieillard qui traverse les États-Unis au volant de son tracteur à gazon pour retrouver son frère malade.

– À la fin, j'ai pleuré, a-t-il avoué. Je pleure jamais, mais là, je sais pas pourquoi, c'est venu me chercher.

– C'est bon signe, non ?

Charles-Éric a secoué la tête.

– Je sais pas…

Je l'ai alors vu se renfermer, perdant de sa superbe, comme s'il revoyait les dernières images du film. Avant qu'il ne s'enfonce complètement, je lui ai parlé de l'épicier, qui l'attendait dès sa sortie de prison.

– Tu vas voir, c'est un chic type, rond du ventre sous son tablier, tu vois le genre ?

Il a souri, mais il n'était plus totalement avec moi, comme si notre conversation ne l'intéressait plus.

– Qu'est-ce qui se passe ? ai-je murmuré en m'approchant.

Il a penché la tête légèrement, puis son sourire s'est dilué dans une forme de tristesse irrépressible que j'ai interprétée comme la crainte de ne pas être à la hauteur des espoirs dont je l'avais lesté. J'ai voulu le rassurer, lui ai redit que je serais là, à ses côtés, pour que tout se passe bien. Que je comprenais son angoisse, mais que toute une équipe allait l'accompagner, les travailleurs sociaux de la maison de transition, le médecin du ministère… Stoïque, il m'a lancé que je ne comprenais pas.

– Je nous ai sauvés, Marie.

Il s'est levé pour me signifier que notre conversation était terminée.

– Vous me remercierez plus tard, a-t-il conclu avant de regagner le couloir menant aux cellules.

Je suis sortie du pénitencier décontenancée, traînant les pieds jusqu'à ma voiture. Car l'horizon venait de s'assombrir sous mes yeux. Le seul élément positif de ma vie des derniers mois ne tenait plus qu'à un fil, et peut-être avais-je même fait tous ces efforts pour rien, comme si le destin de chacun d'entre nous était tracé d'avance – une conception de l'existence à laquelle je m'étais toujours opposée. Jusque-là, j'avais cru à la rédemption et à la réinsertion de Charles-Éric comme on se laisse éblouir par un coucher de soleil pour oublier la laideur du monde. Avec lui, je tenais la preuve que tout peut s'arranger avec le temps, la persévérance et la conviction. Or, cela me glissait entre les mains, et c'est sans énergie que je suis rentrée à la maison.

Les souvenirs sont du vent, ils inventent les nuages.

Jules Supervielle

La nouvelle est tombée le trois janvier dans la boîte de courriels de Marie. Une note de l'organisme communautaire avec lequel elle collaborait pour ses rencontres au pénitencier. Celle prévue le lendemain avec Charles-Éric avait été annulée, de même que son parrainage avec ce détenu. On allait lui octroyer un temps de repos avant de lui proposer un nouveau mandat.

Curieusement, ma femme n'a pas semblé surprise de ce revirement de situation, sachant que son protégé avait débloqué – c'est l'expression qu'elle avait employée lorsqu'elle m'avait livré le compte rendu de sa dernière discussion avec lui.

Un appel à la responsable de son organisme n'a pas permis d'en savoir davantage sur les raisons qui avaient poussé le pénitencier à suspendre ce parrainage. Tout laissait croire que la libération conditionnelle de Charles-Éric avait été reportée, mais les autorités restaient avares de commentaires pour l'instant.

Je ne le lui aurais jamais avoué, mais ce coup de théâtre n'était pas pour me déplaire, car je voyais déjà les déceptions s'accumuler quand elle constaterait que le retour à une vie dite normale prend souvent la forme d'un chemin de croix pour les détenus en réinsertion. Elle en était consciente, s'était engagée dans cette aventure en toute connaissance des causes et des effets, mais aussi avec un tel enthousiasme qu'elle s'était départie de la prudence et de la retenue habituellement de mise pour ce type d'accompagnement. Et cela n'était pas sans m'inquiéter.

Le mois de janvier s'est ainsi décliné dans un magma de pensées éparses, que je concentrais de mon côté dans le manuscrit en progression de mon roman alors que Marie s'octroyait de longues marches avec Nuage dans les sentiers enneigés du bord de la rivière.

Nous nous offrions une visite au Refuge chaque fin de semaine, y arrivions le matin, y chauffions le foyer qui, en deux heures, faisait monter le thermomètre au-dessus des vingt degrés. Dans l'après-midi, nous chaussions nos raquettes et grimpions la montagne en suivant la piste de chevreuils et de lièvres que nous ne voyions jamais. Le soir, nous dépliions le divan-lit et nous y endormions sans grande négociation tellement notre journée nous avait épuisés. Je me levais une ou deux fois dans la nuit pour alimenter le foyer, puis tôt le matin pour y faire bouillir de l'eau et griller du pain, que nous mangions avec du sucre d'érable et de la confiture.

Nous menions une vie simple, nourrie de lectures et des quelques programmes de la radio publique encore audibles. Au début de février, Martin et Valérie nous ont relancés avec une invitation à souper que nous avons déclinée poliment puisque nous ne nous sentions pas disposés à nous asseoir devant eux avec sur la table les secrets que nous leur avions révélés. Ils n'ont pas insisté, nous ont assuré qu'ils comprenaient, qu'il ne fallait surtout pas forcer les choses. Martin a ajouté avec émotion dans un courriel m'étant spécifiquement adressé qu'il espérait que nous pourrions reprendre un jour nos discussions sur la vie et la littérature « comme au bon vieux temps ». Je lui ai répondu sans délai que c'était aussi ce que je souhaitais.

Le lendemain, alors que Marie allait quitter l'appartement pour sa marche matinale avec Nuage, je suis tombé dans le journal sur une nouvelle qui m'a fait crier son nom avant qu'elle ne referme la porte. Sans même me rendre au bout de l'article, j'avais compris que nous passerions le reste de notre existence sans pouvoir mettre un point final à toute cette histoire.

Dans un de mes plus vieux souvenirs, je marche sur la grève de Saint-Jean-de-l'Île-d'Orléans, en déséquilibre sur les anfractuosités du rocher rouge, agrippée à la main de mon père. Une fois sur la partie sablonneuse de la rive, il ouvre son sac et en extirpe un dragon vert cracheur de feu maintenu en laisse par une corde fixée à une de ses pattes. Dans un geste solennel, il déplie les ailes du dragon et le projette dans le vent, qui s'empare de la bête et la pousse, à quelques mètres au-dessus du fleuve frissonnant, vers le gris bleuté des nuages. L'animal s'excite un moment puis se stabilise alors que mon père tend la corde qui l'empêche de s'évader. Assise dans le sable, je lève un index admiratif vers le cerf-volant, et le visage rieur de mon paternel s'incruste à ce moment précis dans mon esprit. Ses cheveux mi-longs secoués par le vent, ses yeux bridés, sa peau tannée par le soleil, son sourire moqueur et fier.

Assise sur un banc près de la rivière, je regardais sans la voir la ville au loin, car c'était le visage de mon père qui s'imposait à moi. Comme dans un vieux film 8 mm aux couleurs contrastées – le bleu de ses yeux irradiant sous le noir de ses larges sourcils, le brun de ses joues, le blanc crème de ses dents entre le rose de ses lèvres, le soleil qui frappe de côté, dessinant une ombre sur son nez rond. J'ai levé les yeux, cherché le dragon, en vain. Peut-être se terrait-il à l'intérieur de moi, prisonnier des erreurs que j'avais commises, son feu à jamais éteint.

Combien d'années me restait-il à fouler le sol de cette planète improbable ? Dix. Vingt au mieux. Au vu de ce que j'avais vécu au cours des vingt-quatre derniers mois, il valait mieux que je m'efface et les vive recluse, loin de tous. Car tous ceux dont le destin avait croisé le mien en avaient pâti. Louis Dusseault, trucidé par son amoureux. Le petit, victime anonyme dont l'histoire nous restera à jamais inconnue. Martin et Valérie, qui devaient porter un secret qui ne leur appartenait pas. Et Charles-Éric, dont j'avais hypothéqué l'avenir puisqu'il s'était mis en tête de me protéger en assassinant Matteo Donato dans sa cellule du pénitencier.

Quand Antoine a lu pour moi la nouvelle de sa mise en accusation, relayée en page huit du journal, je me suis effondrée sur le divan. Il a foncé sur moi, craignant une attaque, mais je l'ai tout de suite rassuré à travers mes sanglots. Encore vêtue de mon manteau, je me suis levée, j'ai attrapé une écharpe et je lui ai dit que j'avais besoin de prendre l'air. Il a voulu m'accompagner, mais j'ai secoué la main devant moi pour lui signifier mon désir d'être seule. Je suis sortie de l'appartement sans refermer derrière moi. Nuage a jappé de frustration quand il a compris que je ne voulais pas de lui non plus.

Et là, sur mon banc, je ne savais plus ce qui méritait d'être vécu. L'amour de mon mari. Celui de mes enfants. Le plaisir de voyager. Un bon repas de temps en temps. Le froid de l'hiver. La renaissance d'avril et mai quand tout se remet à verdir, avec l'odeur des arbres en fleurs et la douceur des jours ensoleillés. L'eau du matin qui coule dans la rivière. Le chant des merles, des bruants et des chardonnerets. Nuage qui court, joyeux, pour attraper sa balle. Le pinot noir accompagnant un plat de sushis. Les moments d'extase corporelle avant la nuit. Le fredonnement du vent dans les arbres. Les enfants à vélo. La terre qu'on retourne dans les champs. Les souvenirs, encore, de l'île, du Refuge, des enfants quand ils étaient petits. De mon père, toujours là, et de ma mère aussi. Les regrets. La réparation…

J'en étais là quand Antoine est apparu au loin. Je l'ai reconnu à sa démarche. Il avait laissé Nuage à l'appartement et, les mains dans les poches, il progressait lentement, tige noire dans le blanc immaculé de la neige de février, comme dans une toile de Jean-Paul Lemieux. Je l'ai laissé venir jusqu'à moi sans le quitter des yeux.

– Je peux ? a-t-il demandé en inclinant la tête.

Je me suis poussée pour lui faire une place. Il s'est assis sans retirer les mains de ses poches, a regardé la rivière devant nous, puis il a déposé sa tête sur mon épaule.

Nous sommes restés ainsi, appuyés l'un contre l'autre, jusqu'à ce que le froid nous secoue de frissons. Puis nous sommes rentrés, marchant d'un seul pas sans savoir ce qui allait advenir de nous.

Liste des auteurs et des ouvrages cités par ordre d'apparition

Charles Baudelaire, *Mon cœur mis à nu*, Nova Éditions, 2018.
Euripide, *Tragédies. Tome VIII, 3e partie : Fragments. De Sthénébée à Chrysippos*, Les Belles Lettres, 2002.
Aristote, *La Métaphysique*, Pocket, 1991.
Michelle Guérin, *Le Ruban de Moebius*, Cercle du livre de France, 1974.
Charles de Gaulle, boutade attribuée au général à propos du CNRS en 1965.
Tahar Ben Jelloun, *Les Yeux baissés*, Seuil, 1991.
Jacques Sternberg, *Toi, ma nuit*, Gallimard, 1981.
André Gide, cité par Pierre Guénin, *Dictionnaire des perles de stars*, STE Écrivains, 2011.
Adrienne Senécal, *Le Notaire Jofriau*, Les productions luca, 2015.
Général Douglas MacArthur, tiré en vérité d'un poème de Samuel Ullman intitulé *Youth*, publié dans Jane Manner, *The Silver Treasury: Prose and Verse for Every Mood*, Samuel French, 1934.
Julien Green, *Léviathan*, Le Livre de Poche, 2005.
Romain Gary, *La Danse de Gengis Cohn*, Gallimard, 1995.
Marie-Claire Blais, *Le Sourd dans la ville*, Boréal, 1996.
Henry de Montherlant, *Carnets*, Gallimard, 1957.
Michel Tournier, *Vendredi ou les limbes du Pacifique*, Gallimard, 1991.
Bret Easton Ellis, *American Psycho*, 10/18, 2005.
René Girard, *Celui par qui le scandale arrive*, Hachette, 2006.
Hermann Hesse, *Peter Camenzind*, Le Livre de Poche, 1991.
Madeleine Chapsal, *Oser écrire*, Fayard, 1993.
Gilles Archambault, *Parlons de moi*, Boréal, 1997.
Michel Houellebecq, *Les Particules élémentaires*, J'ai lu, 2019.
Pascal Quignard, *Villa Amalia*, Gallimard, 2006.
Charles Baudelaire, *Le Spleen de Paris*, Flammarion, 2017.
Jean Paul Dubois, *Kennedy et moi*, Seuil, 1996.
Annie Ernaux, *Les Années*, Gallimard, 2008.
John Banville, *Les Disparus de Dublin*, Éditions NIL, 2010.
Louis-Ferdinand Céline, *Voyage au bout de la nuit*, Gallimard, 1952.
Christian Bobin, *L'Inespérée*, Gallimard, 1996.
Dan Brown, *Inferno*, JC Lattès, 2013.
Ryû Murakami, *Les Bébés de la consigne automatique*, Philippe Picquier, 1999.
Joyce Carol Oates, *Délicieuses pourritures*, J'ai lu, 2009.
Sénèque, *De la constance du sage*, Gallimard, 2003.
Truman Capote, *De sang-froid*, Gallimard, 1972.
Henning Mankell, *Profondeurs*, Points, 2009.
Marguerite Yourcenar, *L'Œuvre au noir*, Gallimard, 1997.
Dalaï-Lama, cité par Nicole Masson, *Petit recueil des pensées bouddhistes*, Éditions du chêne, 2010.
Romain Gary, *Chien blanc*, Gallimard, 1970.
Jacques Ferron, *L'Ogre*, Théâtre 1, Typo, 1958.
Alain, *Propos*, Gallimard, 1956.
Anatole France, *La Rôtisserie de la reine Pédauque*, Gallimard, 1989.
Jules Romains, *Les Hommes de bonne volonté*, Robert Laffont, 2003.
André Malraux, cité par Guy Suarès dans *Malraux, celui qui vient*, Stock, 1979.
Jules Supervielle, *Le Corps tragique*, Gallimard, 1959.

CET OUVRAGE A ÉTÉ ACHEVÉ D'IMPRIMER
SUR ROTO-PAGE
PAR L'IMPRIMERIE FLOCH À MAYENNE
EN MARS 2024

N° d'édition : 610. N° d'impression : 104533
Dépôt légal : avril 2024
Imprimé en France